UN LIBRO DE BECH

colección andanzas

Libros de John Updike
en Tusquets Editores

JOHN UPDIKE
UN LIBRO DE BECH

Traducción de Vicente Campos

TUSQUETS
EDITORES

Título original: *Bech: a Book*

1.ª edición: marzo de 2012

© 1965, 1966, 1968, 1970, John Updike
© Renovado: 1993, 1995, 1998, John Updike
Esta traducción ha sido publicada por acuerdo con Alfred A. Knopf, un sello de The Knopf Doubleday, una división de Random House, Inc.

© de la traducción: Vicente Campos, 2012
Diseño de la colección: Guillemot-Navares
Reservados todos los derechos de esta edición para
Tusquets Editores, S.A. - Cesare Cantù, 8 - 08023 Barcelona
www.tusquetseditores.com
ISBN: 978-84-8383-390-2
Depósito legal: B. 5.092-2012
Fotocomposición: Moelmo, S.C.P.
Impresión: Limpergraf, S.L. - Mogoda, 29-31 - 08210 Barberà del Vallès
Encuadernación: Reinbook
Impreso en España

Índice

Prefacio

Querido John:

A ver, si vas a caer en la indecencia artística de escribir sobre un escritor, supongo que será mejor que lo hagas sobre mí que sobre ti. Aunque, al leer estas páginas, no dejo de preguntarme si éste *soy* yo, o si lo soy lo bastante, o puramente yo. A primera vista, por ejemplo, en Bulgaria (sexualidad ecléctica, narcisismo con brío, pelo rizado que ralea), parezco un Norman Mailer caballeroso; luego el destello de pelo *plateado* que se vislumbra en Londres brilla con intensidad más propia del gallardo y glamuroso Bellow, el rey de los duendes, que de este que suscribe, el bueno, impasible y poco atractivo, tu seguro servidor. Mi infancia parece salida de la de Alex Portnoy y mi pasado ancestral del de I.B. Singer. Capto una vaharada de Malamaud en las brisas de tu ciudad, y ¿no me habré vuelto un poco paranoico al creer que mi «bloqueo» es una versión indigna de las renuncias, más o menos nobles, de H. Roth, D. Fuchs y J. Salinger? A lo que hay que añadir algo de irascibilidad blanca anglosajona y protestante, algo teológico, asustadizo y solipsistamente irónico que deriva, ésa es mi atrevida suposición, de ti.

Pero tienes razón. Este anodino héroe que se baja de un avión, pronuncia con afectación palabras que no se cree, mantiene relaciones difusas con alguna que otra mujer y vuelve a subir al avión, es en verdad Henry Bech. Hasta tu breve y aun así no lo bastante breve antología, ningún revolucionario se ha tomado la molestia de preocuparse de nuestra opresión, del mecanismo de seda con el que América reduce a sus escritores a la imbecilidad y al fraude. Envidiados como los negros, con la nula credibilidad de los ángeles, oscilamos entre la prostitución del estrado de lectura y el tormento de la mesa de escribir, sólo para acabar cayendo, con nuestras túnicas de sacerdotes de Hallowe'en de mercadillo crujiendo llenas de billetes de avión de clase turista y certificados honoríficos del Club del Coño del Mes, entre una multitud en pie de lamentables necrológicas liliputienses. Nuestro idioma degenera en las bocas de los locutores y los bocazas del pop, nuestras estructuras formales se desmoronan como castillos de arena bajo los pies de matones de playa; sin embargo, e increíblemente, mantenemos con nuestros ímprobos esfuerzos (ahora mismo he tenido que buscar «ímprobo» en el diccionario por enésima vez, porque se me había olvidado si va con «b» o con «v») una próspera cultura de editores, agentes, correctores, tutores, chicos del *Time* y personal de los medios que exhiben todos los matices de la cortesía, por no mencionar sus estilos chic y tendencias sexuales. Cuando pienso en los apareamientos, los gemidos, las alborozadas fornicaciones entre ectomórficos editores junior obsesos sexuales y esbeltas chicas contratadas para servir el café y recepcionistas recién salidas de Wellesley, licenciadas en inglés con filosofía como asignatura optativa, que han sido urdidos con la excusa de algunas de mis pobres páginas rayadas y mal pegadas (llegan a las oficinas de la editorial tan empastadas de pegamento Elmer como la sábana de un masturbador; los chicos de los recados utilizan los manuscritos como bandejas para el té), podría mutilarme como el santificado Origen o cantar un lamento fúnebre como Jeremías. Gracias a Yahvé, estos burdeles de la entelequia pueden prescindir bien pronto y por entero de nuestra excusa; el contenido de un libro ya importa tan poco como el contenido de una caja de cereales para el desayuno. Todo es una cuestión del regalo que acompañe a la oferta, del emplazamiento en el estante y de la cantidad de aire entre los copos de maíz. Tanto da. Estoy convencido de que cuando, con esa alegre desfachatez de los gentiles que no dejaré nunca de admirar rastreramente en ti, me pediste «un par de líneas a modo de prefacio», estabas regateando por una bendición, no por una maldición.

Bueno, pues aquí la tienes, mi bendición. Algo de lo que se dice en estas páginas me gusta mucho. Los comunistas son todos buenos, buena *gente*. Hay un momento a la orilla del mar, se me ha perdido la página, que hasta suena sincero. Aquí y allá, los fragmentos parecen demasiado corregidos, estreñidos, te recortas con demasiada dureza. En cuanto a la prosa, no hay otra manera de salir bien parado, según he descubierto, que dejarla fluir. Me gustaron algunas de las mujeres que me atribuías, y algunos de los chistes. A propósito, yo nunca hago juegos de palabras, a diferencia de los escritores de versos ligeros. Pero si tú *[aquí venía una lista de sugerencias para eliminaciones, falsificaciones, supresiones y reformulaciones, todas las cuales han sido escrupulosamente incorporadas. —El ed.]*..., no creo que el que publiques este pequeño *jeu* libresco nos vaya a causar un daño irreparable a ninguno de los dos.

Henry Bech
Manhattan,
4-12 de diciembre de 1969

Rico en Rusia

Los estudiantes a los que no les queda más remedio (seguramente como a ustedes) que comprar ejemplares en edición de bolsillo de sus novelas —en especial la primera, *Travel Light*, aunque últimamente haya habido cierto interés académico en su más surrealista, «existencial» y puede que incluso «anarquista» segunda novela, *Brother Pig*—, o que se topan con algún artículo de *When the Saints* en una satinada y gruesa antología de la literatura de mediados de siglo por 12,50 dólares, imaginan que Henry Bech, como miles menos famosos que él, es rico. No lo es. Los derechos de bolsillo de *Travel Light* los vendió íntegros su editor por dos mil dólares, de los que el propio editor se quedó mil y el agente de Bech cien (el diez por ciento del cincuenta por ciento). Para ser justos, el editor había tenido que saldar un tercio de la pequeña edición en tapa dura, y cuando *Travel Light* se puso de moda, después de Golding y antes de Tolkien, entre los estudiantes universitarios, el editor se delataba divertido a sí mismo contando la historia de la cesión de los derechos de Bech en las reuniones de ventas que se celebraban en el piso de arriba del restaurante 21. En cuanto a las antologías, la cuantía media de los permisos, cuando llega por fin al buzón de Bech, se ha erosionado hasta 64,73 dólares, u otra cifra sospechosamente rara, que apenas paga una comida en un restaurante con su amante y un vino no muy caro. Aunque Bech, y los muchos que lo han entrevistado, hayan convertido en una virtud quijotesca el que continúe viviendo en un lúgubre pero espacioso edificio de apartamentos en Riverside Drive (su buzón, que lo sepan los estudiantes, al que llegan sus cheques recortados hasta lo irrisorio, ha sido cubierto a conciencia de cicatrices por la voluble ira urbana y su apellido ha sido retocado con bolígrafo por traviesos gamberros de portales convirtiéndolo tan a menudo en un verbo malsonante que Bech ha acabado por dejar la placa con el nombre en blanco y depende de la clarividencia de los carteros), la verdad es que vive ahí porque no puede permitirse marcharse. Sólo fue rico una vez en su vida, y sucedió en Rusia, en 1964, de eso hará ya un deshielo.

En aquellos tiempos, Rusia, como todos los demás países, era un lugar un poco más inocente. Jruschov, que acababa de ser depuesto, había dejado en el ambiente una atmósfera casi cómica, de calidez, de cierta apertura intermitente, de experimento inescrutable y de posibilidades elusivas. No parecía haber ninguna razón de peso por la que Rusia y América, ese par de encantadores gigantes paranoicos, no se repartieran alegremente un globo tan grande y azul; y en verdad tampoco parecía haber ninguna razón por la que a Henry Bech, el rebuscado pero afable novelista, en pleno bloqueo artístico que no afectaba a su desenvoltura social, no pudiera mandársele en un vuelo a Moscú a costa de nuestro Departamento de Estado para que pasara un mes dedicado a esa actividad básicamente imaginaria denominada «intercambio cultural». Al entrar en el avión de Aeroflot en Le Bourget, a Bech le pareció que olía como la trastienda de sus tíos de Williamsburg, a calor corporal envolvente y patatas del tiempo cociéndose.* La impresión se prolongó todo el mes; Rusia le parecía judía, y, a Rusia, él le parecía judío. Nunca supo en qué medida la ternura y hospitalidad que encontró se debían a su raza. Su hombre de contacto en la embajada americana —un remilgado y quejumbroso ex jugador de baloncesto de Wisconsin, que respondía al deportivo nombre de *Skip* Reynolds— le aseguró que dos de cada tres intelectuales soviéticos ocultaban a un judío entre sus antepasados, y en una ocasión Bech se encontró en un apartamento de Moscú cuyas estanterías estaban llenas de fotografías (de Kafka, Einstein, Freud, Wittgenstein) que evocaban intencionadamente el esplendor de la *Judenkultur* prehitleriana. Sus anfitriones, tanto el hombre como la mujer, eran traductores profesionales, y el apartamento estaba asombrosamente atestado de parientes, entre ellos un joven ingeniero hidráulico con ojos de ciervo y una abuela que había sido dentista del Ejército Rojo, y cuyo sillón dental dominaba el salón. Durante una larga y cálida velada, la condición de judío, tal vez también intencionadamente, no se mencionó. Era uno de esos temas que Bech prefería pasar por alto. Su propia escritura había intentado salir del gueto de su corazón hacia los territorios más amplios de la otra orilla del Hudson; el triunfo artístico de los judíos americanos radicaba, creía, no en las novelas de los años cincuenta sino en las películas de los treinta, aquellos gigantescos y burdos artilugios con los que los cerebros judíos proyectaron a las estrellas gentiles sobre una nación gentil, y, a partir de su propia alegría de inmigrantes, dieron a una tierra todavía informe

---

* Véase Apéndice A, sección I. *(N. del A.)*

sueños e incluso una especie de conciencia. Pero las reservas del embalse de la fe, en 1964, se estaban desecando; el país se había mantenido en pie, a través de la Depresión y la convulsión del mundo, gracias al patriotismo *arriviste* de Louis B. Mayer y los hermanos Warner. Para Bech se trataba de una de las más grandes historias de amor que nunca habían existido, el romance mutuamente provechoso entre el Hollywood judío y la América eslava, vivido casi por entero en la oscuridad, con un repiqueteo de fervorosos mensajes que cruzaban el muro de la sierra de San Gabriel; y su escritor judío favorito fue el que le dio la espalda a sus tres hermosas novelas de Brooklyn y se fue al desierto a escribir guiones para Doris Day.* Salvo para los estudiantes especializados, todo eso carecía de la menor importancia. Allí, en Rusia, hacía cinco años, cuando Cuba había sido sacada del horno para que se enfriase y Vietnam todavía estaba entrando en ebullición, Bech encontró una forma de vida, empobrecida pero ceremoniosa, desvencijada pero ornamental, una vida sentimental, sitiada y familiar, que le recordaba su pasado judío. La virtud, tanto en Rusia como en su infancia, parecía emanar de los hombres, como un consolador olor corporal, más que ser algo que procediera de las alturas, que ensartara a la sufrida alma como a una polilla en un alfiler. Salió del avión de Aeroflot, con su llamativamente altiva azafata, para entrar en una atmósfera de generosidad. Le recibieron con brazos cargados de rosas frías. La primera tarde, la Unión de Escritores le dio para sus gas-

---

* Se refiere a Daniel Fuchs (1909-1993) que, tras una prometedora trilogía sobre la vida judía en Brooklyn escrita en los años treinta, emigró a Hollywood, donde, como guionista, llegó a ganar un Oscar con *Quiéreme o déjame* (1955), protagonizada por Doris Day. *(N. del T.)*

tos un fajo de billetes de rublos, Lenin rosa y lila y la Torre Spasskaya azul pálido. Durante el mes siguiente, y en concepto de «derechos de autor» (en honor de su llegada habían traducido *Travel Light*, y varios de sus ensayos de *Commentary* [«M.G.M. and the U.S.A», «The Moth on the Pin», «Daniel Fuchs: An Appreciation»] habían aparecido en *I Nostrannaya Literatura*, pero como no había acuerdos de derechos, los *royalties* se calcularon arbitrariamente, como lluvias de maná), le entregaron más rublos, de manera que la semana de su partida Bech había acumulado más de mil cuatrocientos, que, según el cambio oficial, equivalían a mil quinientos cuarenta dólares. No había nada en que gastarlos. Todos sus hoteles, sus vuelos y sus comidas estaban pagados. Era un invitado del Estado soviético. De la mañana a la noche, nunca estaba solo. Aquella tarde, junto a los rublos, también le habían dado una acompañante, una traductora-escolta: Ekaterina Alexandrovna Ryleyeva. Era una pelirroja muy delgada, de pecho liso, piel del color del papel y una verruga transparente encima del ala izquierda de la nariz. Se acostumbró a llamarla Kate.

—Kate —le dijo, exhibiendo los rublos en dos puñados sin preocuparle que algunos cayeran al suelo—, he robado al proletariado, ¿qué puedo hacer con mi sucio botín?

En el curso de las muchas horas que ella no se apartaba de él, Bech adoptó y desarrolló un aire superamericano de payaso que disfrazaba todas las quejas como «numeritos». A modo de respuesta, ella reforzó su pose original, de paciente maestra de escuela, una pose con raíces campesinas eternas. La ocupación normal de Kate era traducir ciencia ficción del inglés al ucraniano, y él imaginó que este mes que pasaba con él suponía, hasta cierto punto, unas vacaciones para ella. Tenía una madre y, avanzada la noche, después de acompañarle a: una sesión matinal, aguardiente incluido, con los editores de *Yunost;* una comida en la Unión de Escritores con su presidente que enseñaba fauces de tiburón;* el hogar donde Dostoievski pasó su infancia (al lado de un manicomio, y donde se entronizaban unos angustiados manuscritos sombreados y unas gafas ovales de hojalata, diminutas, como si hubieran sido diseñadas para un lirón); un museo de arte popular; una interminable cena en un restaurante y una noche de ballet, Ekaterina llevaba a Bech de vuelta al vestíbulo de su hotel, se ponía una *babushka* sobre su poblado pelo naranja y se encaminaba entre la ventisca hacia su madre achacosa. Bech se preguntaba cómo sería la vida sexual de Kate. *Skip* Reynolds le aseguró con toda solemnidad que la vida personal era inescrutable en Rusia. También le dijo que Kate era indudablemente una espía del Partido. A Bech le conmovió y se preguntó qué tendría él que mereciera la pena ser espiado. Desde la más tierna infancia todos somos espías; lo vergonzoso no es eso sino que los secretos que se descubren sean tan pocos y mezquinos. Ekaterina debía de rondar ya los cuarenta, con lo que podría atribuírsele un amante muerto en la guerra. ¿Era ése el secreto de su vigilia, de las interminables horas anodinas que pasaba a su lado? Siempre estaba traduciendo para él y eso aumentaba su distancia y transparencia. Él tampoco había estado casado, e imaginaba que el matrimonio debía de ser algo parecido a esa relación.

---

*   Véase Apéndice A, sección II. *(N. del A.)*

Ella respondió:

—Henry —habitualmente le tocaba el brazo al decir su nombre, algo que nunca dejó de estremecerle un poco, como el modo en que la «h» se convertía en un sonido gutural velado, entre la «g» y la «k»—, no debes bromear. Es tu dinero. Lo has ganado con el sudor de tu cerebro. Por toda la Unión Soviética, los comités populares se sientan a hablar de *Travel Light*, de sus maravillosas cualidades. La edición de cien mil ejemplares ha desaparecido así, *ipuf!*, en las librerías.

Las expresiones coloristas de los cómics de ciencia ficción teñían su lengua de matices inesperados.

—*iPuf!* —dijo Bech, y esparció el dinero por encima de su cabeza; antes de que el último billete dejara de aletear, ambos ya se habían agachado para recoger los rublos de la alfombra de color rojo intenso. Se encontraban en la habitación de él del Sovietskaya, el hotel para los gerifaltes del Partido y los visitantes importantes; todas las suites estaban amuebladas al estilo zarista de los mejores tiempos: lámparas de araña, fruta de cera y osos de hojalata.

—Aquí tenemos bancos —dijo Kate con timidez, metiendo la mano debajo del sofá de satín—, como en los países capitalistas. Pagan intereses, puedes depositar el dinero en uno de ellos. Seguirá aquí, aumentado, cuando vuelvas. Tendrás una libreta de ahorros numerada.

—¿Cómo? —dijo Bech—, ¿y ayudar a mantener al Estado socialista cuando nos lleváis años de adelanto en la carrera espacial? Estaría colaborando en aumentar la fuerza de propulsión de vuestros cohetes.

Se levantaron, los dos un poco jadeantes por el esfuerzo, delatando su edad. La punta de la nariz de Kate se había vuelto rosa. Ella le puso en las manos el resto de su fortuna y guardó un silencio incómodo.

—Además —dijo Bech—, ¿cuándo voy a volver?

Ella propuso:

—A lo mejor en una distorsión espacio-temporal.

Su timidez, su nariz rosa, el pelo de zanahoria y su incomodidad se estaban volviendo opresivos. Él agitó bruscamente los brazos:

—No, Kate, ¡tenemos que gastarlo! Gastar, gastar. Es el método keynesiano. Convertiremos a la Madre Rusia en una sociedad de consumo.

La postura inmóvil y levemente inclinada en la que ella se mantenía de pie le produjo a Bech, preocupado por la «distorsión espacio-temporal», una impresión fantasmagórica: la de que ella estaba encerrada en otra dimensión incolora de la que sólo emergía la punta rosa de su nariz.

—No es tan fácil —afirmó ella en un tono inquietante.

Para empezar, el tiempo se acababa. Bobochka y Myshkin, los dos funcionarios de la Unión de Escritores a cargo del viaje de Bech, habían llenado el final de su agenda con actos culturales obligatorios. Recuperadas las fuerzas tras unas semanas relativamente ociosas en Kazajistán y el Cáucaso,* se consideró que Bech estaba en forma para soportar una maratón de películas bélicas (el héroe de una de ellas había perdido su carné del Partido Comunista, que era peor que perder el carné de condu-

---

* Véase Apéndice A, sección III. *(N. del A.)*

20

cir; y, en otra, un joven soldado se subía a una laberíntica sucesión de trenes sólo para, al final, rehacer el camino [«¿Ves, Henry?», le susurró Kate, «ahora está en casa, ésa es su madre, qué buena cara, cuánto sufrimiento, ahora se besan, ahora tiene que marchase, oh...», y Kate se echó a llorar tan desconsoladamente que ya no pudo traducir más]), museos, altares y copas con diversos escritores que sistemáticamente adoraban a Gemingway. Noviembre se estaba volviendo gélido, las luces de aire navideño que celebraban la Revolución habían sido quitadas ya; Kate se había constipado mientras corrían de una cita a otra. No paraba de sonarse con un pañuelo. Bech sentía una punzada de culpabilidad al enviarla al frío para volver a casa de su madre antes de que él subiera a su lujosa habitación de hotel, con su vestíbulo de parqué lleno de montones de libros, su lavabo de alabastro y su gran cama doble con brocados. Él bebía de una botella de regalo un aguardiente georgiano y se acercaba a la ventana, que daba a las ventanas doradas de un edificio de apartamentos donde jóvenes rusos se retorcían al ritmo de grabaciones de la Voz de América. La voz de desplumador de pollos de Chubby Checker atravesaba nítida la grieta de la noche subártica. En una ventana contigua, una pareja, a la que los demás cortésmente concedían cierto aislamiento, hacía el amor; él veía rodillas y manos y luego un tobillo que se movía rítmicamente. Para aliviar la presión, Bech se sentaba con su aguardiente y escribía a remotas mujeres evocativas cartas de borracho que por la mañana entregaría solemnemente al ex jugador de baloncesto para que las enviara con la valija diplomática.* Reynolds, que

* Véase Apéndice A, sección IV. *(N. del A.)*

también debía de ser un poco espía, los acompañaba cada vez que Bech daba una charla a un grupo, como el de traductores (cuando le preguntaron quién era el mejor escritor vivo de América, Bech dijo que Nabokov, y se hizo un elocuente silencio antes de que le formularan la siguiente pregunta) o el de estudiantes (a quienes aseguró que la *Autobiografía precoz* de Yevtushenko era una obra saludable y patriótica que en lugar de estar prohibida debería distribuirse gratuitamente a todos los escolares soviéticos).

—¿He metido la pata? —preguntaba angustiado Bech más tarde, otro «numerito».

La cautelosa boca del funcionario americano se crispaba.

—A ellos ya les va bien. Terapia de choque.

—Has estado encantador —decía siempre la leal Ekaterina Alexandrovna, interponiéndose celosamente y apretándole el brazo. Ni se le pasaba por la cabeza que Bech, como ella misma, no aborreciera a los funcionarios. No se habría creído que Bech miraba a ése en concreto con la reverencia del intelectual hacia el atleta, ni que en privado no intercambiaran venenosos comentarios contra el Kremlin sino cotilleos literarios y resultados de fútbol profesional, cartas de amor y viejos ejemplares del *Time*. Ahora, en plena campaña para mantenerlos separados, a Kate le habían dado otra arma. Ella le apretó el brazo con suficiencia y dijo—: Disponemos de una hora. Vamos, corriendo, a *comprar*.

Por si fuera poco, no había mucho que comprar. Lo primero que necesitaba era otra maleta. Ekaterina y él, en su Zil con chófer, fueron hasta lo que a Bech le pareció un lejano suburbio, entre destellos de bosques de abedules, a una zona de viviendas nuevas, que recordaban a naves industriales perforadas, del color del cemento húmedo. Allí encontraron un inmenso almacén, inmenso aunque cada dependienta gobernaba como una pequeña tirana sobre sus dominios de estantes. Había una asombrosa duplicación de secciones de maletas, y en cada una se exhibía la misma montaña cuadrada de oscuras cajas de cartón, y cada malencarada princesa respondía con negativa despreocupación a la búsqueda de Ekaterina de una maleta de cuero.

—Sé que tenían —le dijo a Bech.

—No importa —replicó él—, quiero una de cartón. Me encantan las tachuelas metálicas y la pequeña asa de color chocolate.

—Te estás riendo de mí —dijo ella—, sé las cosas que tienen en Occidente. He asistido al Congreso de Escritores de Ciencia Ficción de Viena. Éste es un gran almacén y no tiene ni una maleta de cuero. Es una desgracia para el pueblo. Pero ven, conozco otra tienda.

Volvieron a subirse al Zil, que olía como un ropero y en cuyas profundidades oscilantes y mal ventiladas Bech sentía aprensión y arrepentimiento, porque de niño lo habían encerrado más de una vez en el ropero en la Escuela Pública 87, en el cruce de la Setenta y siete Oeste y la Amsterdam Avenue. Una veintena de kilómetros sofocantes y tres grandes almacenes más no sirvieron para dar con una maleta de cuero; al final, Kate le permitió comprar una de cartón, la más voluminosa, con unos grandes laterales a cuadros, y tan larga como un oboe. Para consolarla, también se compró un gorro de astracán. No le quedaba bien (cuando se lo probó, una altiva dependienta se rió en voz alta) y no le tapaba las orejas, que notaba

23

frías, pero al menos tenía la ventaja de costar cincuenta y cuatro rublos.

—Sólo un *boyardo* —dijo Kate, emocionada hasta el coqueteo por su compra— llevaría un gorro tan chulo.

—Cuando me lo pongo parezco armenio —dijo Bech. Las humillaciones nunca llegaban solas. En la calle, cuando iba con su maleta y su gorro, le paró un hombre que quiso comprarle el abrigo. Kate se lo tradujo y luego se burló. Durante lo que Bech interpretó como una larga amenaza con llamar a la policía, el infractor, un hombre lúgubre de nariz enrojecida vestido como un vendedor ambulante de castañas neoyorquino, no apartó la mirada de la acera a sus pies.

Cuando se alejaban, se dirigió a Bech en un inglés suave:

—Sus zapatos. Le doy cuarenta rublos.

Bech sacó su cartera y dijo:

—*Nyet, nyet*. Yo le doy cincuenta por los suyos.

Con un chillido, Kate se interpuso entre ellos y se llevó a Bech. Le dijo con lágrimas en los ojos:

—Si las autoridades hubieran visto eso, nos habrían metido a todos en la cárcel, *bif, bang*.

Bech no la había visto llorar a la luz del sol, sólo en las oscuras salas de proyección. Se subió al Zil sintiéndose muy culpable y asqueado. Llegaban tarde a la comida con un director de museo rubísimo y su personal de rostros enjutos. En el curso de su paseo por el museo, Bech intentó animarla con elogios al realismo socialista.

—Mira esa turbina. Nadie en América sabe pintar una turbina de ese modo. Al menos, no desde los años treinta. Cada pieza es tan clara que podrías reconstruir una de verdad a partir del cuadro, pero aun así el conjunto es tan romántico como una puesta de sol. La mímesis, nadie puede superarla.

Le gustaban de verdad esos inmensos óleos de estilo cartelista, le recordaban a las ilustraciones de las revistas de su adolescencia.

Kate no se dejaba animar.

—Son estupideces —dijo—. No hemos tenido pintores desde Rublev. Tú te tomas mi país como si fuera un picnic. —A veces su inglés tenía una extraña precisión—. No es que no haya talento. Somos grandes, somos millones. Los jóvenes bullen de talento, tanto que los aniquila. —Pronunció la última palabra «aniila», que sólo conocía por haberla visto escrita, relacionada con pistolas de rayos.

—Kate, lo digo en serio —insistió Bech, haciendo hincapié en su equivocación como si quisiera corregir a una maestra de escuela, pero sometido también a otra presión, la de una mujer que se regodeaba sensualmente negándose a ser consolada—. Te lo aseguro, aquí hay pasión artística. Esta bicicleta. Un impresionismo bellísimo. Sin radios. Los franceses pintan manzanas; los rusos, bicicletas.

El paralelismo le salió mal, tosco. Pasándose lúgubremente las manos por las rosáceas alas de la nariz, Ekaterina entró en la siguiente sala.

—En otros tiempos —le informó—, esta sala sólo contenía cuadros de *él*. Al menos, de eso ya no hay.

Bech no tuvo que preguntar quién era él. El indefinido pronombre tenía un valor constante. En Georgia, a Bech le habían enseñado una lápida de una persona en la que se la describía simplemente como Madre.

Al día siguiente, entre la comida con Voznesensky y la cena con Yevtushenko (quienes, halagadoramente, parecían concederle una celebridad hemisférica equivalente a la suya, y que fingieron una encantadora sorpresa cuando intentó explicarles su peculiar estatus, que no era el de un león, con la limitadora carga de portento simbólico, sino el de una rata encanecida, furtivamente a la moda, a la que se permitía con indiferencia roer y rondar detrás del revestimiento de madera de un edificio sin salidas de incendio y, en cualquier caso, a punto de ser demolido), Kate, él y el impasible chófer consiguieron comprar tres collares de ámbar, cuatro juguetes de madera y dos relojes de pulsera muy finos. El ámbar le pareció poca cosa a Bech —mantequilla fundida recongelada—, pero Kate se enorgullecía de él. Sospechaba, además, que los relojes de pulsera no tardarían en detenerse, de tan peligrosamente finos que eran. Los juguetes —Kremlins por piezas y osos tallados cortando leña— eran buenos, pero los únicos niños que conocía eran los de su hermana, que vivía en Cincinnati, y el menor tenía ya nueve años. Su imaginación no encontraba a ninguna mujer a la que pudiera endosarle el bordado ucraniano que Ekaterina le ofrecía entusiasmada, ni siquiera su madre: desde el «éxito» de su hijo, ella iba a la peluquería dos veces por semana y se había subido los dobladillos por encima de la rodilla. De vuelta en su hotel, durante los diez minutos que tenía antes de asistir a un concierto de Shostakovich, mientras Kate se sonaba y chapoteaba en el baño (¿cómo podía desplazar tal cantidad de agua una mujer tan delgada?), Bech contó sus rublos. Sólo se había gastado ciento treinta y siete. Con lo que le quedaban mil doscientos ochenta y tres más algunos kopeks. Se le cayó el alma a los pies; era inútil. Ekaterina salió del baño con una mirada extraña, amoratada. Pequeñas huellas quemadas, rastros de lágrimas cenicientas, resistían entorno a sus ojos, que de natural eran de un azul desvaído. Ella había intentado ponerse maquillaje de ojos, pero al final se lo había quitado. Había pretendido parecer la esposa de un rico. Ahora se la veía ausente y herida. Bech la agarró del brazo y bajaron las escaleras corriendo, como delincuentes en fuga.

El día siguiente era el último que pasaría entero en Rusia. Durante todo el mes había querido visitar la finca de Tolstói, y el viaje se había ido posponiendo hasta ese momento. Dado que Yasnaia Poliana estaba a cuatro horas de Moscú, Kate y él salieron temprano por la mañana y regresaron cuando ya había oscurecido. Tras kilómetros de adormilado silencio, ella preguntó:

—Henry, ¿qué te ha gustado?

—Me ha gustado que escribiera *Guerra y paz* en el sótano, *Ana Karenina* en la planta baja y *Resurrección* en el piso de arriba. ¿Crees que está escribiendo una cuarta novela en el cielo?

Esa respuesta, sacada de un pequeño artículo para *Commentary* que estaba escribiendo mentalmente (y que nunca llegaría a pasar al papel), renovó por alguna razón el silencio. Cuando ella volvió a hablar por fin, lo hizo con voz tímida:

—Como judío, ¿crees?

La risa le salió con cierto retintín emboscado que él intentó traducir, con una tímida carcajada al final, en autodesprecio.

—A los judíos no les interesa mucho el Paraíso —dijo—. Eso es algo que os habéis inventado vosotros, los cristianos.

—Nosotros no somos cristianos.

—Kate, vosotros sois santos. Sois una tierra de monjes y vuestro gobierno es una continua penitencia. —Extraído del mismo artículo no escrito, provisionalmente titulado «El fantasma de Dios en Moscú». Siguió con Hollywood, Martin Buber y sus tíos, todos sonriendo vagamente en su cabeza—. Me parece que el sentimiento judío es que, dondequiera que se encuentren, debe de ser un lugar tirando a paradisíaco sencillamente porque ellos están ahí.

—¿Y tú lo has encontrado aquí?

—Mucho. Éste probablemente sea el único país del mundo en el que uno siente nostalgia cuando todavía está en él. Rusia es un gran ejemplo de nostalgia encarnada.

Es posible que Kate sintiera que entraban en un terreno peligroso, porque volvió a temas anteriores.

—Resulta extraño —dijo—, de los libros que traduzco, cuánto tiene que ver con lo sobrenatural. Criaturas inmateriales como ángeles, sociedades ideales formadas por espíritus, velocidades superiores a la de la luz, inversiones en el tiempo..., todo imposible, o tal vez no. En cierto sentido es terrible levantar la vista al cielo, en una de nuestras claras noches de frío ardiente, al cielo estrellado, y pensar que hay criaturas vivas allá.

—Como termitas en el techo. —Al apartarse tanto de la grandeza que Kate habría tenido el derecho a esperar de él, ella no respondió a su símil. El coche se balanceaba, dejaban atrás oscuras aldeas de cartón piedra, la nuca del conductor no se movía. Bech tarareó distraídamente un fragmento de *Midnight in Moscow,* cuyo título literal, según había descubierto, era *Twilit Evenings in the*

Moscow Suburbs. Dijo—: También me gustó ver que tenía a Upton Sinclair en su estantería, y cómo su casa parecía más una granja que una mansión, y su tumba.

—Una tumba supersoberbia.

—Muy elegante, para un hombre que combatió la muerte con tanto empeño.

Era un óvalo de tierra sin nombre, bordeado del verde del césped helado, al final de una carretera, en un bosque de abedules en el que la noche ya se filtraba. Había sido allí donde el hermano de Tolstói le había dicho que buscara la varita verde que pondría fin a la guerra y al sufrimiento humano. Como su molesto silencio había empezado a incomodarle insoportablemente, Bech le dijo a Kate:

—Eso es lo que debería hacer con mis rublos. Comprarle una lápida a Tolstói. Con una flecha de neón.

—¡Oh, esos rublos! —exclamó ella—. Me persigues con esos rublos. Hemos comprado más en una semana de lo que yo compro en un año. Las cosas materiales no me interesan, Henry. En la guerra, todos aprendimos el valor de las cosas materiales. Y no hay más valor que el que uno tiene en su interior.

—Pues muy bien, me los tragaré.

—Siempre el chistecito. Tengo una idea más desesperada. En Nueva York, ¿tienes amigas mujeres?

Su voz se había vuelto tímida, como cuando abordó el tema de los judíos; en realidad, le estaba preguntando si era homosexual. ¡Qué poco se conocían estos dos después de un mes!

—Sí. Mis amigos son todas mujeres.

—Entonces a lo mejor podríamos comprarles unas pieles. No un abrigo, el estilo no sería apropiado. Pero pieles tenemos, no maletas de piel, no, tienes razón cuando te burlas de nosotros, pero pieles sí, las mejores del mundo, y hasta son caras para un hombre tan rico como tú. A menudo he discutido con Bobochka, y él dice que los autores deberían ser pobres para sufrir; así es como lo hacen en los países capitalistas, y ahora veo que tiene razón.

Pasmado por esa diatriba, lanzada con la cabeza en movimiento de manera que su lunar se volvía translúcido de vez en cuando porque habían llegado a las afueras de Moscú y a las farolas, Bech sólo acertó a decir:

—Kate, no has leído mis libros. Todos tratan de mujeres.

—Sí —dijo ella—, pero observadas con frialdad. Como si fueran vida extraterrestre.

Para ser breve (les veo, en la última fila, mirando sus relojes, y no crean que esas miradas mejorarán su nota del trimestre), fueron pieles. En la hora caótica que precedió al trayecto al aeropuerto, Bech y Ekaterina fueron a una tienda de la calle Gorki donde una tímida belleza mongola fue colocando en sus manos una piel encima de otra. El menos fracasado de sus tíos había sido peletero durante un tiempo, y, tras aquel lapso de décadas, Bech volvió a percibir la exuberancia escarchada del zorro plateado, la frondosidad más tierna, juguetona y amorosa del zorro rojo, el visón con su fea contundencia de caoba, la esbelta nutria, el imperial armiño con la punta de la cola negra como una pluma de escribir. Cada piel, cuya masa suave y hormigueante condensaba kilómetros cuadrados de Siberia, costaba varios cientos de rublos. Bech compró para su madre un par de visones que todavía lucían sus gruñidos secos; dos zorros plateados para su amante actual, Norma Latchett, para confeccionar con ellos el cuello de un abrigo (su firme barbilla sajona se ahogaría en pieles, así se lo imaginaba); algún armiño como una broma para su hermana, esclavizada ama de casa, en Cincinnati; así como un suntuoso zorro rojo para una mujer que todavía tenía que conocer. La dependienta mongola, con magnífica indiferencia, sumó la factura de más de mil doscientos rublos y envolvió las pieles en papel marrón, como si fueran pescado. Él le pagó con una ensalada de billetes pastel y se quedó sin nada. Bech no se había sentido tan entusiasmado, tan oxigenado por la prosperidad, desde que había vendido su primer relato, en 1943, sobre un campamento militar, a *Liberty,* por ciento cincuenta dólares. El cuento, sobre un judío neoyorquino revolcándose entre sureños, tenía su gracia, y suele omitirse de la mayoría de sus bibliografías.

Ekaterina y él volvieron corriendo al Sovietskaya y acabaron de hacer las maletas. Él intentó olvidarse de los libros de regalo amontonados en el recibidor, pero ella insistió en que se los llevara. Los metieron apretados dentro de su nueva maleta, con las pieles, el ámbar, los relojes de pulsera, los irritantemente nudosos y abultados juguetes de madera. Cuando acabaron, la maleta estaba a punto de reventar, las pieles se escapaban por los bordes, y pesaba más que las otras dos que llevaba juntas. Bech miró por última vez la lámpara de araña y la botella de aguardiente vacía, la ventana con su mal de amores y las paredes hinchadas, y salió tambaleándose por la puerta. Kate le siguió con un libro y un calcetín que había encontrado debajo de la cama.

Todos acudieron al aeropuerto para despedirle —Bobochka con su dentadura de plata, Myshkin con su ojo de cristal, el ágil americano con su aire de lúgubre cautela—. Bech se despidió de *Skip* Reynolds estrechándole la mano y besó desabridamente a los dos rusos en la mejilla. Se disponía a besar a Ekaterina también en la mejilla, pero ella volvió la cara para que sus bocas se encontraran y él se dio cuenta, horrorizado, de que tendría que haberse acostado con ella. Era lo que se había esperado de él. Por las sonrisas complacientes y sibilinas de Bobochka y Myshkin, supo que pensaban que lo había hecho. Se la habían suministrado para ese fin. Era un invitado del Estado.

—Oh, Kate, perdóname, claro —dijo, pero de una manera tan atropellada que ella pareció no entenderle. Su beso había sido incoloro, pero húmedo y sabroso, como una patata hervida.

Entonces, sin saber cómo, llegaba tarde y se desató el pánico. Sus maletas todavía no estaban en el avión. Un bestia vestido de azul agarró las dos más manejables y le dejó que cargara con la de cartón. Mientras se tambaleaba por la pista, la maleta reventó. Uno de los cierres se soltó de las grapas y el otro, solidario, se dejó ir. Los libros y juguetes se esparcieron por el suelo; las pieles empezaron a volar por el cemento, rizándose y brillando como si hubieran recobrado la vida. Kate se abrió paso dejando atrás al guardia de la puerta y le ayudó a recogerlas; juntos volvieron a meter todo el botín en la maleta, salvo una docena de libros que aleteaban. Eran pesados y resbaladizos, estaban escritos en alfabeto cirílico, como anuarios escolares vueltos boca abajo. A uno de los relojes se le había resquebrajado la esfera. Kate sollozaba y se estremecía por la excitación; un viento gélido traía soplando ráfagas de polvo y nieve del largo invierno que se avecinaba.

—¡Genry, los libros! —dijo, y tuvo que gritar para que la oyera—. ¡Tienes que llevártelos! ¡Son un recuerdo!

—¡Envíamelos por correo! —tronó Bech y corrió con la terrible maleta bajo el brazo, temeroso de que lo cargaran con más responsabilidades. Además, aunque en algunos aspectos era ya un hombre de nuestro tiempo, tenía un miedo enfermizo a perder aviones y a que lo arrojaran al vacío desde el lavabo de cola.

Aunque eso sucedió hace seis años, los libros todavía no han llegado. A lo mejor Ekaterina Alexandrovna se los guardó, como recuerdo. A lo mejor quedaron atrapados en la congelación de las relaciones culturales que siguió a la visita de Bech y los enterraron en una ventisca. Tal vez llegaron al vestíbulo del edificio de apartamentos de Bech y los robó un vándalo emigrante. O a lo mejor (ya pueden cerrar sus cuadernos de apuntes) el cartero no es tan clarividente después de todo.

Bech en Rumanía
o El chófer rumano

Al desembarcar del avión en Bucarest llevando un gorro de astracán comprado en Moscú, el personal de la embajada de Estados Unidos enviado a recogerle no reconoció a Bech y él, en lugar de identificarse, se sentó taciturno en un banco, mirando a su alrededor con el ceño fruncido de un importador de maquinaria soviética, mientras aquellos jóvenes iban de un lado a otro conversando entre sí en un inglés consternado y gritando a los funcionarios de aduanas en lo que Bech supuso que era rumano macarrónico. Al final, uno de esos jóvenes, el más pequeño y listo, que debía de ser un licenciado de Princeton del 51 o por ahí, al fijarse en las puntas redondeadas de los zapatos americanos de Bech, aventuró con cierta suspicacia:

—Discúlpeme, *pazhalusta,* ¿no será usted...?

—Podría ser —respondió Bech. Tras cinco semanas codeándose con comunistas, se sentía cada vez más tentado a evitar, confundir y mofarse de sus compatriotas americanos. Más aún, después de haberse ajustado al ritmo lento de la sucesión de tópicos de la *traductoresa,* le resultaba agotador el inglés rápido. Por eso, al cabo de unas horas, pasó con cierto alivio de la compañía conspiradora de sus compatriotas al cuidado de un hotel rumano de aire monárquico y de un sonriente secuaz del Partido llamado Athanase Petrescu.

Petrescu, cuyo rostro oval estaba engalanado con unas sempiternas gafas de sol y varias tiritas redondas colocadas sobre un reciente afeitado en una tez azulada, había traducido al rumano *Taipí, Pierre, Vida en el Mississippi, Nuestra hermana Carrie, Winesburg, Ohio, Al otro lado del río y entre los árboles* y *En la carretera.* Conocía bien la obra de Bech y dijo:

—Aunque fue *Travel Light* lo que hizo ilustre su nombre, en mi corazón detecto una intensa debilidad por *Brother Pig,* que sus críticos no aclamaron tanto.

Bech reconoció en Petrescu, por detrás de la mandíbula azulada y las siniestras gafas, a un hombre humildemente enamorado de los libros, un loco de la literatura. Esa tarde, mientras paseaban por un parque de Bucarest que parecía salido de un sueño, entre bustos de bronce de Goethe, Pushkin y Victor Hugo, junto a un lago donde el crepúsculo verdoso se revestía de plata, el traductor habló emocionadamente de una docena de temas, compartiendo pensamientos que no había podido compartir cuando se sumía, a solas en su mesa, en los luminosos abismos y las profundas asperezas de la literatura americana.

—Con Hemingway, la dificultad de la traducción, y hasta cierto punto también es el caso de Anderson, radica en evitar que la sencillez parezca una simpleza. Porque aquí no tenemos esa tradición de caprichoso practicante de las bellas letras contra el que se rebelaba el estilo de Hemingway. ¿Entiende la dificultad?

—Sí. ¿Y cómo la salvó?

Petrescu no pareció entenderle.

—¿Salvarla?, ¿qué quiere decir, rescatarla?

—¿Cómo tradujo el lenguaje sencillo sin que pareciera una simpleza?

—Oh. Pues siendo sumamente sutil.

—Oh, eso. Supongo que debo decírselo, pero en mi país hay gente que cree que Hemingway *era* un simplón. Se está debatiendo con mucha viveza.

Petrescu digirió aquello con un asentimiento de cabeza y dijo:

—Lo sé a ciencia cierta, su italiano no es siempre correcto.

Cuando Bech volvió a su hotel, situado en una plaza bordeada de edificios construidos con, parecía, polvos de caramelo rosa, le habían dejado recado de que llamara a Phillips a la embajada de Estados Unidos. Phillips era el joven licenciado del 51 de Princeton. Phillips le preguntó:

—¿Qué han planificado para usted?

La agenda de Bech no se había comentado apenas.

—Petrescu mencionó una función de *Deseo bajo los olmos* que debería ver. Y quiere llevarme a Braşov. ¿Dónde está Braşov?

—En Transilvania, en el quinto carajo. Es por donde andaba Drácula. Escuche, ¿podemos hablar con franqueza?

—Podemos intentarlo.

—Sé muy bien que esta línea está intervenida, pero allá va: este país está que arde. El antisocialismo está a punto de reventar por todas partes. Lo que sospecho es que quieren sacarle de Bucarest, alejarle de todos los escritores liberales que se mueren de ganas por conocerle.

—¿Está seguro de que no se mueren de ganas por conocer a Arthur Miller?

—Bromas aparte, Bech, en este país se están cociendo muchas cosas, y queremos que esté atento. A ver, ¿cuándo va a encontrarse con Taru?

—Pom, pom, ¿quién es? Taru. ¿Taru... qué?

—Dios, se trata del jefe de la Unión de Escritores, ¿es que Petrescu ni siquiera le ha organizado una cita? Dios, cómo les gusta marear la perdiz. Le di a Petrescu una lista de escritores a los que usted debería arrimarse. Suponga que lo llamo y blando la gran vara y vuelvo a llamarlo a usted, ¿lo entiende?

—Entendido, tigre. —Bech colgó con tristeza: una de las razones por las que había aceptado la invitación del Departamento de Estado era que creía que así podría librarse de los agentes.

A los diez minutos, su teléfono resonó áspero, con ese tono de matraca mortecina que tienen los teléfonos detrás del Telón de Acero, y era Phillips, sin aliento, triunfante.

—Felicíteme —dijo—. Me he portado como un matón y he conseguido que sus matones le den una cita con Taru esta noche.

—No me diga, ¿esta mismísima noche?

Phillips pareció dolido.

—Sólo va a pasar cuatro noches aquí, ya lo sabe. Petrescu irá a recogerle. Su excusa era que creía que a lo mejor querría descansar un poco.

—Es sumamente sutil.

—¿Cómo?

—No se preocupe, *pazhalusta*.

Petrescu fue a buscar a Bech en un coche negro conducido por una silueta encorvada. La Unión de Escritores se encontraba en la otra punta de la ciudad, albergada en una especie de castillo, una mansión con torreones, una llameante escalera de piedra y una biblioteca abovedada de roble, cuyas estanterías alcanzaban los seis metros de altura, llenas hasta los topes de lomos de cuero. Las escaleras y las cámaras parecían desiertas. Petrescu llamó con la mano a una alta puerta revestida de paneles de roble negruzco, con bisagras de paleta, al sombrío estilo español. La puerta se abrió silenciosamente, desvelando una sala alta y estrecha con las paredes llenas de tapices, de color marrón y azul claros, cuyo motivo incluía masas borrosas de soldadesca insondablemente enzarzada en la batalla. Detrás de una inmensa mesa pulida casi desprovista de accesorios se sentaba un inmaculado hombre en miniatura de cara rosada y un pelo tan blanco como un diente de león. Sus manos rosáceas, perfectamente cuidadas hasta la última uña, se entrelazaban sobre la mesa brillante, en la que se reflejaban como nenúfares, y su rostro exhibía una expresión sonriente que también era, en cada marcada arruga, inmejorable. Era Taru.

Habló inesperadamente, por arte de magia, como una caja de música. Petrescu le tradujo sus palabras a Bech como:

—Usted es un hombre de letras. ¿Conoce las obras de nuestro Mihail Sadoveanu, de nuestro noble Mihai Beniuc o tal vez las del más espléndido portavoz del pueblo, Tudor Arghezi?

Bech dijo:

—No, me temo que el único escritor rumano del que conozco algo es Ionesco.

El exquisito hombre canoso asintió con entusiasmo y emitió una serie de sonidos tintineantes que le fueron traducidos a Bech con un simple:

—¿Y ése quién es?

Petrescu, que sin el menor asomo de duda estaba al tanto de quién era Ionesco, miró fijamente a Bech con inexpresiva expectación. Incluso en ese recóndito sancta-sanctórum llevaba las gafas de sol puestas. Bech, irritado, contestó:

—Un dramaturgo. Vive en París. Teatro del absurdo. Escribió *Rinoceronte*. —Y dobló uno de sus índices junto a su contundente nariz judía para representar un cuerno.

Taru emitió una delicada carcajada. Petrescu tradujo, escuchó y le dijo a Bech:

—Lamenta mucho no saber quién es ese hombre. Aquí los libros occidentales son un lujo, así que no podemos seguir cada nuevo movimiento nihilista que surge. El camarada Taru pregunta qué tiene pensado hacer mientras esté en la República Popular de Rumanía.

—Se me ha comentado —dijo Bech— que hay algunos escritores interesados en intercambiar ideas con un colega americano. Tengo entendido que mi embajada le ha sugerido una lista.

La voz musical se extendió un buen rato. Petrescu escuchó con oído atento y transmitió:

—El camarada Taru desea sinceramente que así sea y lamenta que, dado lo avanzado de la hora y la precipitación con que se ha convocado este encuentro siguiendo los apremios de su embajada, no haya ninguna secretaria presente para localizar esa lista. Lamenta asimismo el que, en esta época del año, muchos de nuestros mejores escritores estén bañándose en el mar Negro. Sin embargo, señala que hay una excelente función de *Deseo bajo los olmos* en Bucarest, y que nuestra ciudad de Braşov, en los Cárpatos, ciertamente merece una visita. El camarada Taru conserva de Braşov muchos agradables recuerdos de juventud.

Taru se puso de pie, un acontecimiento verdaderamente dramático dentro de la reducida escala del mundo que había establecido a su alrededor. Habló, se golpeó el pequeño pecho cuadrado con fuerza resonante, volvió a hablar y sonrió. Petrescu dijo:

—Quiere que sepa que en su juventud publicó muchos libros de poesía, de estilo tanto épico como lírico. Añade: «Un fuego se encendió aquí» —y, en ese momento, Petrescu se golpeó el pecho en una pálida imitación—, «que nunca ha sido sofocado».

Bech se levantó y respondió:

—En mi país también encendemos fuegos *aquí*. —Se tocó la cabeza. Su comentario no fue traducido y, tras tal eflorescente exhibición de cortesía por parte del hombrecito de cabellos brillantes, Bech y Petrescu recorrieron la mansión vacía hasta el coche que les esperaba y que les condujo, con bastante brusquedad, de vuelta al hotel.

—¿Y qué le ha parecido el señor Taru? —preguntó Petrescu de camino.

—Es un muñeco —dijo Bech.

—Quiere decir que es... ¿una marioneta?

Bech se dio la vuelta con curiosidad pero no vio nada en la cara de Petrescu que delatara más que desconcierto sobre el sentido de sus palabras. Dijo:

—No me cabe duda de que usted tiene mejor ojo para descubrir los hilos que yo.

Como ninguno de los dos había comido, cenaron juntos en el hotel; hablaron de Faulkner y Hawthorne mientras los camareros les servían sopa y una ternera que estaba a un continente de distancia de la *cuisine* de coles de Rusia. Una ágil joven con unos tacones peligrosamente altos acechaba entre las mesas cantando canciones populares italianas y francesas. El cable del micrófono que arrastraba se le enredaba de vez en cuando entre los pies, y Bech admiró el pícaro salvajismo con el que ella, sin alterar un ápice su sonrisa de porcelana, se liberaba de una patada. Bech llevaba mucho tiempo sin una mujer. Le hubiera gustado pasar tres noches más sentado a esa mesa, rodeado de viajantes de Alemania del Este y Hungría, regodeándose con la vista de esa ágil cantante. Aunque sus movimientos eran cuadriculados y su sonrisa inflexible, sus senos altos y redondos parecían blandos como un soufflé. Pero al día siguiente, explicó Petrescu sonriendo dulcemente por debajo de sus gafas de sol de ojos tristes, irían a Braşov.

Bech conocía poco de Rumanía. Por el informe oficial que le habían pasado, sabía que era «una isla latina en un mar eslavo», que durante la segunda guerra mundial su antisemitismo había sido el más feroz de Europa y que ahora buscaba la independencia económica del bloque soviético. Le interesaba sobre todo lo de la ferocidad, pues de las muchas características humanas que por su trabajo tenía que imaginar, la de la tendencia a matar se contaba entre las más difíciles. Él era judío. Aunque podía ser irritable e incluso vengativo, el salvajismo sistemático quedaba excluido de su cuenta de emociones.

Petrescu fue a buscarlo al vestíbulo del hotel a las nueve, le cogió el maletín de la mano y le condujo al coche alquilado. A la luz del día, el chófer era un hombre bajo de color ceniciento: ceniza blanca en la cara, ceniza gris de cigarrillo en la mancha muy recortada que hacía las veces de bigote, y el residuo más oscuro de alguna sustancia más tosca en los ojos y el pelo. Su actitud era nerviosa, distante y quisquillosa; la impresión que le causó a

Bech fue que padecía uno de esos casos de estupidez tan acusados que la mente tenía que tensarse para llevar a cabo hasta las más simples tareas. Al salir de la ciudad, el conductor no paraba de tocar la bocina para advertir a viandantes y ciclistas de su cercanía. Dejaron atrás los suburbios de estuco de antes de la guerra, que recordaban al sur de California; luego los edificios de apartamentos estilo moscovita de la posguerra, rectilíneos y mal ventilados; y por fin el herético pabellón de exposiciones, todo de cristal, que los rumanos habían construido para celebrar los veinte años de progreso industrial bajo el socialismo. Tenía la forma de una inmensa gorra de marinero, y delante se alzaba una alta columna de Brancusi de aluminio.

—Brancusi —dijo Bech—, no sabía que ustedes lo reconocían.

—Oh, mucho —dijo Petrescu—. Su pueblo es un altar. Puedo enseñarle muchas obras de su primera época en nuestro museo nacional.

—¿Y qué me dice de Ionesco?, ¿de verdad es una nopersona?

Petrescu sonrió.

—El eminente jefe de nuestra Unión de Escritores —dijo— hace chistes inofensivos. Sí se le conoce aquí, pero ahora no se le publica mucho. Es posible que los estudiantes lean en voz alta en sus habitaciones una obra como *La cantante calva*.

El incesante rumor de los bocinazos del conductor distraía a Bech de la conversación. Ahora se encontraban ya en el campo e iban por una carretera recta, ligeramente ascendente, bordeada de árboles cuyos troncos habían sido pintados de blanco. Por el borde de la carretera caminaban ancianas de figura abultada que cargaban con fardos anudados, niños que hacían avanzar a burros a fuerza de leves golpes, hombres en ropa de trabajo de color azul de Francia que deambulaban con las manos vacías. A todos ellos les tocaba la bocina el conductor. Su mano regordeta de uñas grises revoloteaba sobre el borde del claxon, emitiendo un nervioso tartamudeo que empezaba casi cien metros antes y se prolongaba hasta que había dejado atrás a la persona, que por lo general sólo se movía para darse la vuelta y fruncir el ceño. Como la carretera estaba bastante transitada, el ruido era casi ininterrumpido, y, al cabo de media hora, incordiaba a Bech como un dolor de muelas. Le preguntó a Petrescu:

—¿Tiene que hacer eso?

—Oh, sí. Es un hombre muy concienzudo.

—¿Y para qué sirve?

Petrescu, que había estado contándole emocionado sus ideas sobre el encaprichamiento de Mark Twain con el sistema capitalista que habría socavado su genio bucólico, explicó con indulgencia:

—El departamento al que le alquilamos los coches proporciona también el conductor. Han sido instruidos precisamente para esta profesión.

Bech se dio cuenta de que Petrescu no sabía conducir. Se había acomodado en el coche con la inconsciente confianza de un pasajero de avión, con las piernas cruzadas, las gafas de sol puestas, pronunciando frases siempre suaves, mientras Bech se inclinaba hacia delante con ansiedad, crispándose ante un volante que no tenía en las manos, intentando arrebatarle el control del coche a ese conductor atrozmente arrítmico y brutal. Cuando pasaban por un pueblo, el conductor aceleraba y multiplicaba el tartamudeo de sus bocinazos; grupos de campesinos y de gansos se dispersaban con incredulidad, y Bech tuvo la sensación de que las marchas, las marchas que separan y engranan la mente, entrechocaban. A medida que ascendían por las montañas, el conductor demostró su técnica en las curvas: abordaba cada una como si se tratara de un enemigo, acelerando, y en el último momento pisaba el freno como si quisiera aplastar una serpiente en el suelo. Entre tanto sobresalto y vaivén, Petrescu fue empalideciendo. Su mandíbula azulada adquirió un brillo húmedo y empezó a pronunciar las frases con menos suavidad. Bech le dijo:

—Este conductor tendría que estar encerrado. Es un enfermo peligroso.

—No, no, es un buen hombre. Son estas carreteras, que son difíciles.

—Al menos, dígale que deje de juguetear con la bocina. Es una tortura.

Petrescu arqueó las cejas, pero se inclinó hacia delante y habló en rumano.

El conductor respondió y el idioma repiqueteó en su boca, aunque hablaba en voz baja.

Petrescu le dijo a Bech:

—Dice que es una medida de precaución.

—¡Oh, por el amor de Dios!

Petrescu estaba sinceramente desconcertado. Preguntó:

—¿En América conduce su propio coche?

—Claro, todos tienen coche —contestó Bech, y al momento lamentó haber herido los sentimientos de este socialista, que debía someterse a la aristocrática incomodidad de que lo llevara un chófer. Durante el resto del viaje no volvió a comentar nada sobre el conductor. Las enfangadas vegas salpicadas de granjas mediterráneas habían dado paso a colinas de oscuros abetos con chalets germánicos. En el punto más elevado, la antigua frontera de Austria-Hungría, acababa de nevar, y el coche, presionado implacablemente por las rodadas, pasó a unos centímetros de unos niños que arrastraban trineos. Estaban a poca distancia de Braşov colina abajo. Se detuvieron delante de un hotel de color pistacho construido en fecha reciente. El ajetreado viaje le había dado dolor de cabeza a Bech. Petrescu se apeó cuidadosamente del coche, lamiéndose los labios; la punta de la lengua de color púrpura destacaba sobre su rostro desecado. El chófer, tan compuesto como unas cenizas barridas que no hubiera rozado ni una brizna de viento, se quitó la chaqueta gris de conducir, comprobó el aceite y el agua y sacó su almuerzo del maletero. Bech lo examinó, buscando alguna señal de satisfacción, alguna traza delatora de malicia, pero no vio nada. Sus ojos eran manchas vivientes, y su boca, la del chico de la clase que, sin ser ni fuerte ni inteligente, ha desarrollado la insignificancia como un rasgo positivo del carácter que le permite cierto reconocimiento. Miró a Bech inexpresivamente, pero éste se preguntaba si en realidad no entendería algo de inglés.

En Braşov, el escritor americano y su acompañante pasaron el rato haciendo turismo inocentemente. El museo local tenía trajes campesinos. En el castillo local había armaduras. La catedral luterana fue una sorpresa: las líneas y la escala góticas se habían desposado con un cristal nítido y una austeridad decorativa, noble y lúgubre, que le dejaban a uno, o eso al menos le pareció a Bech, muy solo con Dios. Sintió la presencia de la Reforma ahí, como un viento de desolación de hace cuatrocientos años. Desde la azotea del hotel, la vista estaba teñida de sepia, había una piscina vacía y la nieve húmeda cubría las sillas con filigranas metálicas. Petrescu tiritaba y se fue a su habitación. Bech se cambió de corbata y bajó al bar. Una música chispeante burbujeaba desde las paredes. El camarero entendió qué era un Martini, aunque utilizó partes iguales de ginebra y vermut. La clientela era joven y muchos hablaban húngaro, porque Transilvania había sido arrebatada a Hungría después de la guerra. Un joven convincente, forzando el francés reacio de Bech, le sonsacó que era *un écrivain,* y le pidió un autógrafo. Pero eso resultó tan sólo el preludio de una proposición de intercambio de plumas, en el que Bech perdió una Esterbrook, que tenía valor sentimental para él, y ganó un bolígrafo anónimo que escribía en rojo. Bech escribió tres postales y media (a su amante, a su madre, a su editor y media a su director en *Commentary)* antes de que el bolígrafo rojo se secara. Petrescu, que ni bebía ni fumaba, apareció por fin. Bech le dijo:

—Mi héroe, ¿dónde ha estado? Me he bebido cuatro martinis y me han timado en su ausencia.

Petrescu parecía avergonzado.

—Me he estado afeitando.

—¿Afeitándose?

—Sí. Es humillante. Tengo que pasarme una hora cada día afeitándome, y ni siquiera entonces parece que me haya afeitado, mi barba es así de obcecada.

—¿Ya cambia las cuchillas de la maquinilla?

—Oh, sí, compro las mejores y utilizo dos en cada afeitado.

—Es la historia más triste que he oído jamás. Permítame que le envíe algunas cuchillas decentes cuando vuelva a casa.

—Por favor, no lo haga. No hay cuchillas mejores que las que uso. Lo único que pasa es que mi barba es una especie de fenómeno.

—Cuando muera —dijo Bech—, puede legarla a la ciencia rumana.

—Está siendo irónico.

En el restaurante había baile: el *Tveest*, el *Hully Gully*, y esas cadenas de bailarines que requerían un montón de graciosos saltitos. Los bailes americanos se habían transformado ahí en algo inocentemente ornitológico. De vez en cuando, algún chico joven, esbelto y con el pelo peinado para formar el pico de un loro, daba un salto por los aires y parecía quedar suspendido a la vez que emitía un chirriante grito palatal. En Rumanía, los hombres parecían más ligeros e imaginativos que las mujeres, que se movían, en sus vestidos de fiesta de faldas acampanadas, con una acartonada majestuosidad, heredada, tal vez, de sus abuelas campesinas. A cada chica que pasaba cerca de su mesa, Petrescu la describía, sin ningún ápice de humor al principio, como una «típica belleza rumana».

—¿Y ésa, la de los labios y las pestañas naranja?

—Una típica belleza rumana. Los pómulos son muy clásicos.

—¿Y la rubia que está detrás de ella, la pequeña regordeta?

—También típica.

—Pero son muy distintas. ¿Cuál es la más típica?

—Lo son por igual. Somos una democracia perfecta.

Entre una oleada y otra de baile, una joven cantante,

con más talento que la del hotel de Bucarest, bajó a la pista. Había aprendido, probablemente de las películas del mundo libre, ese rotundo y vigoroso manierismo por el que cada nota, tanto daba lo accesible que fuera o lo monótonamente que se atacara, se acompañaba de un aura facial de inmensa expresividad. Su sonrisa, al acabar cada número, combinaba triunfalmente un guiño conspirativo, una sublime humildad y la aturdida felicitación a uno mismo de la euforia poscoital. Aun así, por debajo de tanto artificio, la chica tenía vida. A Bech le fascinó una canción, en italiano, que le requirió una exhibición de muecas animadas, amenazas con el dedo y puños en las caderas. Petrescu le explicó que la canción era la queja de una joven esposa cuyo marido pasaba el tiempo asistiendo a partidos de fútbol y nunca se quedaba en casa con ella. Bech preguntó:

—¿Ésta es también una típica belleza rumana?

—Me parece —dijo Petrescu, con un ronroneo en la voz que Bech no le había oído hasta entonces— que más bien es una típica pequeña judía.

Avanzada la tarde del día siguiente, el viaje de vuelta en coche a Bucarest fue peor que el de ida, porque en parte transcurrió a oscuras. El conductor se enfrentó al reto con más velocidad y redoblados bocinazos. En uno de los raros intervalos sin peligro, una carretera recta cerca de Ploeşti, donde sólo las torres de perforación petrolíferas aligeraban la llanura, Bech preguntó:

—Se lo digo en serio, ¿acaso no se da cuenta de la locura de este hombre?

Cinco minutos antes, el conductor se había vuelto hacia el asiento de atrás y, enseñando unos dientes más grisáceos aún, con una sonrisa que más parecía un tic nervioso, había hecho un comentario sobre un perro que yacía muerto a un lado de la carretera. Bech sospechaba que la mayor parte del comentario no se la tradujo.

Petrescu, cruzando las piernas con el cansino y decadente estilo que había empezado a exasperar a Bech, dijo:

—No, es un buen hombre; un hombre extremadamente amable que se toma su trabajo muy en serio. En eso es como la hermosa hebrea que usted tanto admiraba.

—En mi país —dijo Bech—, «hebreo» es una palabra un tanto discutida.

—Aquí —dijo Petrescu— es simplemente descriptiva. Hablemos de Herman Melville. ¿Le parece posible que *Pierre* sea ya una obra más importante que *La ballena blanca*?

—No, creo que todavía no es tan importante, me parece.

—Está siendo irónico con mi inglés. Por favor, discúlpelo. Como soy propenso a los mareos se me han *desparramado* los pensamientos.

—Nuestro conductor va a *desparramar* los pensamientos de todos. ¿No será el difunto Adolf Hitler mantenido con vida por el conde Drácula?

—Me parece que no. El levantamiento de nuestro pueblo en 1944 exterminó afortunadamente a los fascistas.

—Pues sí que fue una suerte. Y, hablando de Melville, ¿no habrá leído *Omú*?

Resultaba que Melville era el autor americano preferido de Bech, en el que percibía unidas las fuerzas que más adelante tomarían caminos separados con Dreiser y James. A lo largo de toda la cena, ya en el hotel, le dio clases sobre él a Petrescu.

—Nadie —dijo Bech, que había pedido una botella de vino blanco rumano y sentía la lengua suelta como una mariposa— se ha enfrentado con más valor a nuestro terror nativo. Fue a encararlo de frente, en medio de sus ojos separados de cerdito, y, como una lanza, el terror hizo pedazos su genio. —Se sirvió más vino. La cantante del hotel, que tenía dientes protuberantes y piernas desgarbadas, se acercó acechante a su mesa, desenredó los pies del cable del micrófono y les regaló con una versión francesa de *Some Enchanted Evening.*

—¿No le parece —preguntó Petrescu— que Hawthorne también apuntaba entre los ojos? ¿Y qué me dice del lacónico Ambrose Bierce?

—*Quelque soir enchanté* —cantó la chica; los ojos, los dientes y los pendientes le centelleaban como las facetas de una lámpara de araña.

—Hawthorne parpadeaba —proclamó Bech— y Bierce bizqueaba.

—*Vous verrez l'étranger...*

—Me preocupa usted, Petrescu —prosiguió Bech—, ¿es que nunca tiene que volver a casa? ¿No hay una Frau, Madame o lo que sea, Petrescu, una típica rumana? Olvídelo. —De repente se sintió profundamente solo.

En la cama, cuando su habitación hubo interrumpido los suaves balanceos con los que le saludó al entrar, recordó al conductor, y el rostro repeinado, grisáceo y mortecino de aquel hombre le pareció el rostro de cuanto había de engañoso, rancio, estúpido e incontrolable en el mundo. Había visto ese tic tenso a modo de sonrisa antes. ¿Dónde? Se acordó. Calle Ochenta y seis Oeste, volviendo del Riverside Park, un compañero de juegos de la infancia con el que siempre discutía y, aunque siempre tenía razón, siempre perdía. Su trifulca más seria había tenido que ver con los cómics, una discusión sobre si el artista —pongamos Segar, que dibujaba a Popeye, o Harold Gray, el autor de Annie la huerfanita— al duplicar las caras de viñeta a viñeta, día tras día, las calcaba. Bech había mantenido que estaba claro que no. El otro chico insistió en que se utilizaba algún proceso mecánico. Bech intentó explicar que no era ninguna proeza, que era igual que la letra de cada uno, que siempre es la misma... El otro chico, con expresión cada vez más turbia, dijo que era imposible. Bech explicó algo de lo que estaba plenamente convencido: que todo era posible para los seres humanos con un poco de instrucción y talento, que la fluidez y variaciones de cada tira cómica demostraban que... La otra cara se había enturbiado del todo, con una densidad casi inhumana, mientras negaba firmemente con la cabeza, «No, no, no», y Bech, asustado y furioso, intentó decapitar aquella cabeza a puñetazos, a lo que el otro chico respondió sujetándole y aplastándole la cara contra los cortantes filos de piedrecillas y cristales que cubrían el suelo de un callejón entre dos edificios de apartamentos. Esos restos mellados sin barrer, que formaban una especie de capa superficial del suelo urbano, se habían agrandado a sus ojos, y esa experiencia, magnificada por el dolor producido por aquellas insignificantes motas minerales, había dado forma, tal vez, a algo parecido a una visión. En cualquier caso, mientras se sumía en el sueño, a Bech le pareció que había desperdiciado sus dotes artísticas en el esfuerzo de volver a captar aquel momento de hiriente precisión.

El día siguiente era el último que iba a pasar entero en Rumanía. Petrescu le llevó a un museo de arte donde, entre muchos carteles étnicos que se presentaban como pinturas, unos bocetos y unos bustos obra del joven Brancusi olían como huesos de santo. Los dos hombres llegaron a la exposición de veinte años de industria y admiraron hileras de maquinaria pintada en colores brillantes, fichas de colores chillones en un gran juego internacional. Fueron a tiendas y Bech percibía por todas partes una elegancia rosácea desecada avanzando a tientas, saliendo del eclipse, a través de la lúgubre ferretería del sovietismo, hacia un renacimiento del estilo. Aun así, en Rusia había una ingenuidad curtida y heroica que él echaba en falta aquí, donde la apatía y el cansancio parecían dar aire a una vigorosa tendencia al mal. Por la noche, asistieron a una función de *Patima de Sub Ulmi*.

Su conductor, que los llevó hasta la puerta misma del teatro, introdujo el coche abriéndose paso entre los cuerpos por un camino de entrada arqueado que estaba atestado de peatones. La gente atrapada por los faros los miraba asombrada; Bech dio un pisotón a un pedal de freno imaginario y Petrescu gruñó y se tensó hacia atrás en el asiento. El conductor no paraba de tocar el claxon —un tartamudeo desquiciado y persistente— y poco a poco la multitud fue haciendo sitio alrededor del coche. Bech y Petrescu se bajaron a la puerta del teatro, para encontrarse con la atmósfera húmeda y cargada de un tumulto. Cuando el chófer, con el perfil infantil de nariz pequeña, concentrado, volvió a meter el coche entre la multitud para regresar a la calle, unos puños aporrearon los parachoques.

A salvo por fin en el vestíbulo del teatro, Petrescu se quitó las gafas para enjugarse la cara. Sus ojos eran de un tierno azul protuberante, con el blanco de un tono amarillento de ictericia; un temblor de erudito latía en su párpado inferior izquierdo.

—¿Sabe? —le confió a Bech—. Ese hombre, nuestro conductor, no está bien del todo.

—Podría ser —dijo Bech.

Los granjeros hambrientos de la Nueva Inglaterra de O'Neill aparecieron interpretados como mujiks rusos; vestían abrigos con cinturones anchos, botas altas negras y no paraban de darse contundentes golpes en la espalda. Abbie Cabot se había convertido en una típica belleza rumana, que había dejado la flor de la vida diez años atrás, con un lunar en la mejilla y sibilinos brazos desnudos tan sutiles como el cuello de un cisne. Dado que sus butacas se encontraban en el centro de la segunda fila, Bech disfrutaba de una buena, aunque esporádica, visión de la delantera del vestido de la actriz, y así, como no sabía cuándo la trama haría que la chica se volviera hacia él, se dio por contento creándose un suspense a su medida. Pero Petrescu, cuya lealtad hacia las letras americanas se sentía intolerablemente insultada, se empeñó en que se marcharan al acabar el primer acto.

—Mal, mal —se quejaba—, ni siquiera las horcas eran las que deberían.

—Me ocuparé de que el Departamento de Estado les envíe una genuina horca americana —le prometió Bech.

—Y la chica..., la chica no es así, no es una coqueta. Es una inocente religiosa, con problemas económicos.

—Bueno, a poco que escarbes, debajo de toda inocente hay una coqueta.

—Usted es de temperamento chistoso, pero me avergüenzo de que haya visto esta parodia. Y ahora nuestro conductor no se encuentra aquí. Estamos perdidos.

La calle de delante del teatro, hacía poco atestada, estaba desierta y oscura. Una solitaria pareja se les acercaba caminando despacio. Con una brusquedad surrealista, Petrescu se arrojó a los brazos del hombre, dándole palmadas en la espalda, y luego besó la mano que la mujer le ofrecía con calma. La pareja le fue presentada a Bech como «el más brillante escritor joven y su sumamente arrebatadora esposa». El hombre, imperturbable y distante, llevaba gafas sin montura y un abrigo ligero a cuadros. La mujer era escuálida; su cara, potencialmente atractiva, se había demacrado hasta los huesos por la tensión nerviosa de la inteligencia. Estaba constipada y tenía un dominio, rápido pero limitado, del inglés.

—¿Le está gustando esto? —preguntó.

Bech comprendió que su gesto abarcaba toda Rumanía.

—Mucho —respondió—. Después de pasar por Rusia, parece un lugar muy civilizado.

—¿Y quién no lo parece? —le espetó—. ¿Qué es lo que más le gusta?

Petrescu intervino maliciosamente:

—Siente pasión por las cantantes de *nightclub*.

La mujer se lo tradujo a su marido; éste se sacó las manos del abrigo y aplaudió. Llevaba guantes de cuero así que los aplausos resonaron en la calle desierta. Habló y Petrescu le tradujo:

—Dice que en ese caso deberíamos, como anfitriones, acompañarle al *nightclub* más famoso de Bucarest, donde podrá ver a muchas cantantes, cada una de ellas más espléndida que la anterior.

—Pero... —dijo Bech—, ¿no iban a ninguna parte? ¿No deberían volver a casa? —A Bech le inquietaba que los comunistas nunca parecieran regresar a sus casas.

—¿Para qué? —preguntó gritando la mujer.

—Usted está resfriada —le dijo Bech. Los ojos de la chica dijeron que no comprendía. Él se tocó la nariz, mucho más grande que la de ella—. *Un rhume.*

—¡Bah! —dijo ella—. Ya se cuidará mañana.

El escritor tenía un coche y les condujo, con la suavidad de un patín a pedales, por un laberinto de callejones en los que sobresalían cornisas que recordaban a los glaseados de un pastel, a olas rompiendo, a conchas marinas, a garras de león, a cuernos de unicornio y a cúmulos. Aparcaron enfrente de un rótulo azul, entraron por una puerta verde y bajaron un tramo de escaleras amarillas. De un lado les llegó la música y del otro la chica del guardarropa en leotardos de malla. A Bech le dio la sensación de que estaba soñando con un *nightclub* americano por la extraña amplitud del espacio, como la que se percibe en los sueños. La sala principal se había formado a partir de varios sótanos: una caverna ahuecada desde los bajos de talleres de joyería y mercados de verduras. Las mesas estaban engastadas en sombrías gradas dispuestas alrededor de una pista central cuadrada. Ahí, un hombre que llevaba una peluca roja y rímel en los ojos hablaba por un micrófono a bocajarro. Entonces se puso a cantar, con la voz de un niño de coro al que hubieran castrado demasiado tarde. Apareció un camarero. Bech pidió un escocés; el otro escritor, vodka. La mujer, coñac, y Petrescu, agua mineral. Tres chicas apenas vestidas, con escuetos atuendos de ciclistas, aparecieron junto con un enano montado en un monociclo e hicieron algunas contorsiones sin sonreír, al ritmo de la música, mientras él pedaleaba entre ellas, estirando de sus lazos y moviéndoles los tirantes. «Típicas bellezas polacas», explicó Petrescu al oído de Bech. La mujer del escritor y el traductor estaban sentados en la grada detrás de Bech. Dos mujeres, una adolescente y una rubia ya mayor y gruesa, tal vez madre de la primera, ambas vestidas igual con lentejuelas plateadas, hicieron un número lánguido e hipnótico con palomas pintadas, las soltaban, observaban cómo volaban entre las sombras del *nightclub* y extendían las muñecas para que volvieran a posarse. Hicieron malabarismos con las palomas, se las pasaron entre las piernas y, como clímax, la rubia mayor le dio de comer a una de color verde mar alpiste, que sostenía en la boca y que el ave fue a buscar semilla a semilla de sus labios. «Checas», explicó Petrescu. El maestro de ceremonias reapareció con una peluca azul y una chaquetilla de torero, e hizo un número cómico con el enano, al que se había equipado con unos cuernos de papel maché. Una chica alemana oriental, de pelo muy rubio y mejillas de manzana, con las piernas lisas como columnas de las adolescentes, se acercó al micrófono vestida con una diminuta parodia de un traje de vaquera y cantó, en inglés, *Dip in the Hot of Texas* y *Allo Cindy Lou, Goobbye Hot.* Se sacó unas pistolas de las caderas y recibió una ovación muy proamericana, pero Bech iba ya por su tercer escocés y tenía las manos ocupadas sosteniendo los cigarrillos. El escritor rumano estaba sentado a la mesa a su lado, con una jarra de vodka junto al codo, mirando impasible al suelo de la pista. Se parecía al joven Theodore Roosevelt, o puede que a McGeorge Bundy. Su mujer se inclinó hacia delante y dijo al oído de Bech: «Es como en casa, ¿eh? ¿Le suena a Texas?». Bech concluyó que estaba siendo sarcástica. Un hombre gordo con un holgado frac granate montó una mesa y mantuvo ocho platos de hojalata girando en las puntas de unas varas flexibles. A Bech le pareció milagroso, pero el hombre fue abucheado. Una conmovedora joven búlgara de pelo moreno cantó vacilante tres canciones folk atonales en medio de un silencio sumiso. Tres mujeres sentadas detrás de Bech empezaron a charlar entre siseos. Bech se dio la vuelta para reprenderlas y se quedó pasmado por lo grandes que eran sus relojes de pulsera, de tamaño masculino, como en Rusia. Además, al darse la vuelta, había sorprendido a Petrescu y a la mujer del escritor cogidos de la mano. Aunque era más de medianoche seguían entrando clientes, y los números se sucedían en la pista. Las chicas polacas volvieron disfrazadas de ponis y saltaron a través de aros que el enano sostenía para ellas. El maestro de ceremonias reapareció con un traje de baño a rayas y una peluca negra y realizó un número con el enano en el que utilizaron una escalera y un cubo de agua. Una bailarina negra de Ghana hizo juegos malabares en la oscuridad con teas encendidas mientras daba pisotones en el suelo con los pies descalzos. Cuatro saltimbanquis letones actuaron con un trampolín y un balancín. La madre y la hija checas volvieron con otros atuendos, de lentejuelas doradas, pero realizaron el mismo número, con las palomas zumbando, sobrevolando, volviendo y comiendo de los labios de la madre. Luego, cinco chicas chinas de Mongolia exterior...

—Dios mío —dijo Bech—, ¿no va a acabar esto nunca? ¿Es que ustedes, los comunistas, no se cansan de divertirse?

La mujer del escritor le dijo:

—Según parece, usted sí se cansa.

Petrescu y ella hablaron y decidieron que era hora de marcharse. Uno de los grandes relojes de pulsera que tenía Bech a sus espaldas decía que eran las dos. Al salir, tuvieron que rodear a las chicas chinas que, vestidas con ceñidos bikinis beiges, ocultaban y desvelaban sus cuerpos entre una ola de banderitas de colores ondulantes. Una de las chicas miró de soslayo a Bech, y él le lanzó un beso al aire, como desde la ventanilla de un tren. Sus cuerpos amarillos le parecieron frágiles; le dio la impresión de que sus huesos, como los de las aves, habían evolucionado huecos para ahorrar peso. En la boca de la caverna, el afeminado maestro de ceremonias, ahora con un tocado de loro, hablaba con la chica del guardarropa. La actitud del hombre era claramente heterosexual; a Bech le dio vueltas la cabeza ante tal duplicidad. Aunque le habían echado encima el peso de su abrigo, se elevó como un globo por las escaleras amarillas, salió tropezando por la puerta verde y se quedó bajo la farola inhalando grandes cantidades de la azul noche rumana.

Se sentía obligado a enfrentarse al otro escritor. Se encontraban ambos sobre la acera adoquinada, como situados a cada lado de un muro transparente cuya superficie estuviera barnizada a un lado con escocés y al otro con vodka. Las gafas sin montura del escritor se habían empañado y el parecido con Teddy Roosevelt se había disipado. Bech le preguntó:

—¿Sobre qué escribe?

La esposa, toqueteándose la nariz con un pañuelo y esforzándose por contener la tos, le tradujo la pregunta, y la respuesta fue breve:

—Campesinos —le dijo ella a Bech—. Él quiere saber de qué escribe usted.

Bech respondió directamente a su colega: «*La bourgeoisie*», dijo; y con eso acabó el intercambio cultural. Balanceándose y dando leves tumbos, el coche del escritor llevó a Bech de vuelta a su hotel, donde se sumió en el sueño profundo y sin remordimientos de los saciados.

El avión para Sofía salía de Bucarest a la mañana siguiente. Petrescu y el chófer de cara cenicienta entraron en el comedor *fin-de-siècle* de techos altos a buscar a Bech, mientras éste todavía estaba desayunando: *jus d'orange, des croissants avec du beurre* y *une omelette aux fines herbes*. Petrescu le contó que el conductor había vuelto al teatro y que había esperado hasta que los conserjes y encargados se fueron, pasada la medianoche. Pero el hombre no parecía dolido y ofreció a Bech, en la amarillenta luz matinal, una sonrisa mínima, una *risus sardonicus,* en la que no participaron sus ojos. De camino al aeropuerto dispersó un grupo de gallinas que una anciana llevaba por la carretera, y obligó a un camión militar de transporte a apartarse al arcén mientras los soldados hacían gestos y los abucheaban. El estómago de Bech se revolvía, bañando las finas hierbas de su desayuno en ácido. El incesante ruido del claxon parecía corroerle todas las terminaciones nerviosas. Petrescu hizo una mueca de irritación y respiró por las alas de la nariz.

—Lamento —dijo— que no hayamos tenido más ocasión de hablar de sus emocionantes contemporáneos.

—No los leo. Son demasiado emocionantes —dijo Bech mientras esquivaban por muy poco a una fila de escolares uniformados, y un campesino con una carretilla se echaba bruscamente a un lado tirando las patatas que llevaba. Era un día encapotado sobre los bajos campos embarrados y los árboles a ambos lados de la carretera con sus faldas de pintura blanca—. ¿Por qué —preguntó sin querer ser mal educado— se pintan todos esos troncos?

—Sí, los pintan —dijo Petrescu—; no me había fijado antes, en toda mi vida. Supongo que es una medida para acabar con los insectos.

El conductor habló en rumano y Petrescu le tradujo a Bech:

—Dice que es para los faros del coche, por la noche. Él siempre piensa en su trabajo.

En el aeropuerto, estaban todos los americanos que habían intentado recibir a Bech cuatro días antes. Petrescu le dio a Phillips inmediatamente, como un soborno, el nombre del escritor con quien se habían encontrado la noche anterior, y Phillips le dijo a Bech:

—¿Y pasó la velada con él? Eso es magnífico. Es el primero de la lista, tío. Nunca hemos podido ni rozarle con el dedo; es inaccesible.

—¿Un tipo regordete con gafas? —preguntó Bech protegiéndose los ojos. Phillips parecía tan complacido que era como una luz brillante demasiado temprano por la mañana.

—Ése es el chico. En nuestra opinión es el escritor rojo más de moda a este lado de Solzhenitsyn. Está muuuy adelantado. Corriente de conciencia, sin puntuación, de todo. Incluso algo de sexo.

—Entonces más que rojo a lo mejor es verde —dijo Bech.

—¿Eh? Ah, sí, muy gracioso. En serio, ¿qué le dijo?

—Dijo que se pasará a Occidente en cuanto le devuelvan las camisas de la lavandería.

—Y fuimos —añadió Petrescu— a La Caverne Bleue.

—Vaya —dijo Phillips—, a eso le llamo yo ir de *underground*.

—Me veo a mí mismo —dijo Bech pudorosamente— como una especie de U-2 volando bajo.

—En serio, Henry —y en ese momento Phillips agarró a Bech por los brazos y se los apretó—, parece que ha hecho un trabajo sensacional por nosotros. Sensacional, sí. Gracias, amigo.

Bech abrazó a todos al marcharse: a Phillips, al *chargé d'affaires*, al *chargé d'affaires junior*, al sobrino de doce años del embajador, que asistía a clases de tiro con arco junto al aeropuerto y tenían que acercarlo. Bech se reservó a Petrescu para el final, le dio unas palmadas en la espalda, porque el traductor le había hecho recordar algo que estaba tentado a olvidar en América: que la lectura puede ser lo mejor en la vida de un hombre.

—Le mandaré cuchillas de afeitar —le prometió, porque, al abrazarle, Petrescu le había rascado con la barba.

—No, no, ya compro las mejores. Mándeme libros, ¡cualquier libro!

El avión empezó a rugir para la partida, y sólo cuando estuvo a salvo, o fatalmente encerrado en su interior, se acordó Bech del chófer. En el revuelo de las formalidades y los trámites con el equipaje no se había despedido. Peor aún, no le había dado propina. Los billetes de leu que Bech había reservado seguían doblados en su cartera, pero su primera punzada de culpa dio paso, mientras las pistas de aterrizaje y los campos oscuros se inclinaban y menguaban por debajo, a una satisfacción vengativa y una alegre sensación de alivio. Las nubes tapaban el país. Se dio cuenta de que había pasado cuatro días asustado. El hombre que iba a su lado, un corpulento eslavo cuya frente calva estaba salpicada con un sudor aprensivo, se dio la vuelta hacia él y le confió algo ininteligible, y Bech dijo:

—*Pardon, je ne comprends pas. Je suis Américain.*

La poetisa búlgara

—Sus poemas, ¿son difíciles?

Ella sonrió y, poco acostumbrada a hablar en inglés, respondió con cautela, dibujando en el aire una línea con dos dedos delicadamente apretados que sostenían una pluma imaginaria.

—Son difíciles... de escribir.

Él se rió, asombrado y encantado.

—Pero ¿no de leer?

A ella pareció desconcertarle su risa, pero no borró la sonrisa de los labios aunque las comisuras se profundizaron con una mueca defensiva, femenina.

—Me parece —dijo— que no tanto.

—Bien —dijo él, que repitió estúpidamente—: bien —desarmado por la inesperada intensidad de la sinceridad de su interlocutora.

Él era, también, escritor, este joven cuarentón, Henry Bech, con su ralo pelo rizo y su melancólica nariz judía, autor de un buen libro y otros tres más; el bueno, el primero que publicó. Por una especie de descuido no se había casado. Su fama había ido creciendo a la par que sus fuerzas declinaban. A medida que sentía que, en su ficción, se hundía cada vez más en una sexualidad ecléctica y un brioso narcisismo, a medida que su búsqueda de la verdad pura y dura le arrastraba cada vez más a los traicioneros dominios de la fantasía y, últimamente, del silencio, se veía cada vez más agobiantemente acosado por homenajes, por exégetas de pies planos, por estudiantes arrogantes que le veneraban y habían recorrido dos mil kilómetros haciendo dedo para rozarle la mano, por quejumbrosos traductores, por su elección como miembro de sociedades honorarias, por invitaciones a dar conferencias, a «hablar», a «leer», a participar en simposios organizados por ambiciosas revistas para chicas en desvergonzada colaboración con venerables universidades. Su propio Gobierno, en sobres sin sello enviados confiadamente desde Washington, le invitó a viajar, como embajador de las artes, a la otra mitad del mundo, a la mitad hostil y misteriosa. De forma bastante mecánica, pero con cierta débil esperanza de liberarse de la carga de sí mismo, aceptó y se encontró en el aire con un pasaporte con tantos visados grapados que aleteaba cada vez que lo sacaba del bolsillo al aterrizar en los aeropuertos mal iluminados de las ciudades comunistas.

Llegó a Sofía el día después de que un combinado de estudiantes búlgaros y africanos hubiera roto las ventanas de la legación estadounidense y prendido fuego a un Chevrolet volcado. El funcionario cultural, pálido tras una noche de guardia sin dormir y apretando el tabaco de su pipa con dedos temblorosos, le aconsejó que se mantuviera alejado de las multitudes y le acompañó a su hotel. El vestíbulo era un hervidero de negros con feces de lana negra y zapatos europeos de puntera puntiaguda. Pobremente disfrazado, le pareció, con un gorro de astracán que había comprado en Moscú, Bech pasó entre el grupo hasta el ascensor, cuyo encargado se dirigió a él en alemán. *«Ja, vier»*, respondió Bech, *«danke»*, y luego pidió por teléfono, con su mal francés, que le subieran la cena a la habitación. Se quedó allí toda la noche, con la puerta cerrada, leyendo a Hawthorne. Había recogido una antología de cuentos en rústica de un alféizar de la legación cubierto de cristales rotos. Unas migas curvadas y brillantes cayeron de las páginas y fueron a parar sobre su manta. La imagen de Roger Malvin tumbado, solo, agonizando en el bosque —«La muerte se le acercaría despacio, como un cadáver, sigilosamente, reptando por el bosque, mostrando sus rasgos fantasmales y petrificados desde detrás de los árboles, cada vez más cerca»—, le asustó. Bech se quedó dormido temprano y tuvo sueños nostálgicos y grandilocuentes. Había sido el primer día de la Janucá.

Por la mañana se arriesgó a bajar a desayunar y le sorprendió encontrar el restaurante abierto, los camareros afables, los huevos hechos y el café caliente, aunque dulzón. Afuera, en Sofía hacía un día soleado y (salvo por algunas sombrías miradas a sus grandes zapatos americanos) la ciudad acogía bien su paso por las calles. En los arriates públicos habían confeccionado dibujos romboidales con flores, pensamientos, de aspecto liso y quebradizo como flores prensadas. Mujeres con un toque de chic occidental paseaban sin sombrero por el parque detrás del mausoleo de Georgi Dimitrov. Había una mezquita y una variedad de tranvías recuperados del rincón más remoto de la memoria de la infancia de Bech, y un árbol que hablaba, es decir, que estaba tan cargado de pájaros que oscilaba bajo su peso y emitía ruidosos gorjeos como un gran altavoz frondoso. Era lo contrario de su hotel, cuyas silenciosas paredes posiblemente contenían atentos micrófonos. La electricidad estaba embrujada en el mundo socialista. Las luces se apagaban parpadeando sin que las tocaran y las radios se encendían solas. Los teléfonos sonaban en plena noche y suspiraban sin palabras en su oído. Seis semanas antes, cuando volaba desde Nueva York, Bech había esperado que Moscú fuera su flamígero equivalente y, en vez de eso, vio, a través de la ventanilla del avión, una madeja de luces amontonadas no más brillantes, en aquella inmensa llanura negra, que el cuerpo de una joven en una habitación a oscuras.

La legación americana estaba al otro lado del árbol parlante. La acera, cubierta de cristales rotos, estaba acordonada, de manera que los peatones tenían que desviarse y andar por la cuneta. Bech se separó de la corriente de viandantes, cruzó el pequeño yermo de asfalto, sonrió a los militares búlgaros que vigilaban lúgubres los montones de cristales brillantes como joyas, y abrió la puerta de bronce. El funcionario cultural estaba más fresco tras una noche de sueño normal. Agarraba con fuerza su pipa entre los dientes y le pasó a Bech una pequeña lista.

—Va a reunirse con la Unión de Escritores a las once. Éstos son los escritores a los que puede pedir ver. Hasta donde sabemos, se cuentan entre los más progresistas.

Palabras como «progresista» y «liberal» tenían un sentido un tanto invertido en este mundo. A veces, a Bech le daba la sensación de haber atravesado un espejo, un deslustrado espejo moteado que reflejaba tenuemente el mundo capitalista; y en sus mal iluminadas profundidades todo era parecido, pero zurdo. Uno de los nombres acababa en «-ova». Bech dijo:

—Una mujer.

—Una poetisa —dijo el funcionario cultural, chupando y apretando la pipa en un frenesí de fingida eficiencia—. Muy popular, según parece. Es imposible comprar sus libros.

—¿Ha leído alguna cosa de esta gente?

—Voy a serle sincero. Apenas si puedo entender lo que dice el periódico.

—Pero uno siempre sabe lo que va a decir la prensa, así que tanto da.

—Lo siento, no le entiendo.

—No hay nada que entender.

Bech no sabía muy bien por qué los americanos que se encontraba le irritaban: si porque se negaban tan visiblemente a fundirse en este mundo de sombras o porque siempre le enviaban con solemnidad a cumplir tareas ridículas.

En la Unión de Escritores le entregó la lista al secretario tal como se la habían dado a él, en papel de la legación de Estados Unidos. El secretario, un hombre corpulento y encorvado con manos de albañil, hizo una mueca, negó con la cabeza, pero amablemente descolgó el teléfono. La reunión de Bech ya estaba preparada en otra sala. Era lo habitual, el mismo tipo de encuentro al que, con pequeñas diferencias, había asistido en Moscú y Kiev, Ereván y Alma-Ata, Bucarest y Praga: la mesa oval pulida, la bandeja de fruta, la luz matinal, los vasos centelleantes con aguardiente y agua mineral, el retrato acechante de Lenin, los siete u ocho hombres sentados pacientemente que se ponían de pie de un salto con breves sonrisas inexpresivas. Entre esos hombres había siempre varios funcionarios literarios, llamados «críticos», que ocupaban altos cargos en el Partido, locuaces, ingeniosos y cuya función era proponer un brindis por el buen entendimiento internacional; algunos novelistas y poetas seleccionados, bigotudos, fumando, enfurruñados ante esta intromisión en su tiempo; un profesor universitario, jefe del departamento de literatura angloamericana, que hablaba un encantadoramente marchito inglés de Mark Twain y Sinclair Lewis; un joven intérprete con un apretón de manos húmedo; un greñudo y viejo periodista que garabateaba servilmente notas; y, al borde del grupo, en sillas colocadas para insinuar que se habían invitado ellos mismos, un par de caballeros de estatus difícil de definir, nerviosos y sin corbata, traductores disidentes que resultarían ser los únicos de los presentes que habían leído una palabra de Henry Bech.

Ahí, en Sofía, este último arquetipo estaba representado por un hombre robusto que vestía una chaqueta de tweed con parches de cuero en los codos, al estilo británico. El blanco de sus ojos era visiblemente rojo. Estrechó la mano de Bech con ansiedad, convirtiendo el apretón casi en un abrazo de reencuentro e inclinando tanto la cara que Bech distinguió los olores a tabaco, ajo, queso y alcohol. Cuando todavía se estaban acomodando alrededor de la mesa y el presidente de la Unión de Escritores, un hombre que llevaba la calvicie con elegancia, de pestañas muy pálidas, tocaba su copa de aguardiente como si se dispusiera a levantarla, este ansioso intruso de ojos enrojecidos le soltó a Bech:

—Su *Travel Light* es un libro maravilloso. Los moteles, las autopistas, las chicas jóvenes con sus amantes que eran motociclistas, tan maravilloso todo, tan americano, la juventud, la adoración al espacio y a la velocidad, la barbaridad de los anuncios con iluminación de neón, la poesía misma. Verdaderamente nos lleva a otra dimensión.

Travel Light era su primera novela, la famosa. A Bech le desagradaba hablar de ella.

—En mi país —dijo—, se la criticó por su desesperación.

Las manos del hombre, con manchas anaranjadas de tabaco, se levantaron en gesto de asombro y se dejaron caer ruidosamente sobre sus rodillas.

—No, no, mil veces no. Verdad, maravilla, incluso terror, vulgaridad, sí. Pero desesperación, no, en absoluto, ni pizca. Sus críticos se equivocan del todo.

—Gracias.

El presidente se aclaró la garganta suavemente y levantó su copa de la mesa un par de centímetros, de manera que formó con su reflejo una especie de naipe.

El admirador de Bech insistió con emoción:

—Usted no es un escritor *húmedo,* no. Es un escritor seco, ¿verdad? ¿Tienen ustedes esas expresiones en inglés, seco, duro, o me equivoco?

—Más o menos.

—¡Quiero traducirle!

Fue el grito agónico de un hombre condenado porque el presidente levantó con frialdad la copa hasta la altura de los ojos y, como un pelotón de fusilamiento, los demás le imitaron. Moviendo sus párpados blancos, el presidente miró borrosamente hacia el repentino silencio y habló en búlgaro.

El joven intérprete murmuró al oído de Bech:

—Ahora me gustaría proponer, esto, eh, un brindis muy breve. Sé que le parecerá doblemente breve a nuestro distinguido invitado americano, que ha disfrutado hace tan poco de, esto, de la hospitalidad de nuestros camaradas soviéticos. —Ahí debía de haber un chiste porque el resto de los presentes en la mesa se rieron—. Pero, ahora en serio, permitidme que diga que en nuestro país hemos visto durante los años pasados a muy pocos americanos de, esto, de la tendencia comprensiva y progresista del señor Bech. Esperamos, en la próxima hora, aprender de él mucho que sea interesante y, esto, socialmente útil sobre la literatura de su grande país, y tal vez podamos por nuestra parte informarle de nuestra orgullosa literatura, de la que quizá él lamentablemente conozca poco. Esto..., y dejadme por último, dado que se dice que un cortejo demasiado largo estropea el matrimonio, ofrecer un brindis con una copa de nuestro aguardiente de cereza nativo *slivovica,* esto, primero por el éxito de su visita y, en segundo lugar, por el aumento mutuo del entendimiento internacional.

—Gracias —dijo Bech y, como gesto de cortesía, vació su copa. Fue un error; los demás, que sólo habían dado un sorbo, se quedaron mirándolo fijamente. El ardor púrpura revolvió el estómago de Bech y una aguda aversión hacia sí mismo, hacia su papel, hacia aquel número fútil y artificial por entero, se concentró en una pera, una pequeña mancha marrón que había en la bandeja tan resplandecientemente dispuesta ante sus ojos.

El idiota de ojos enrojecidos que olía a queso ornamentó el brindis:

—Es un honor personal para mí conocer al hombre que, en *Travel Light,* añadió ciertamente una nueva dimensión a la prosa americana.

—El libro se escribió —dijo Bech— hace diez años.

—¿Y desde entonces? —Un hombre decaído y con bigote se levantó y pasó al inglés—: Desde entonces, ¿qué ha escrito?

A Bech le habían hecho esa pregunta con frecuencia durante las últimas semanas y su respuesta se había vuelto seca:

—Una segunda novela titulada *Brother Pig*, que es la expresión de san Bernardo para el cuerpo.

—Muy bien. Sí, ¿y qué más?

—Una colección de artículos y notas titulada *When the Saints*.

—El título me gusta menos.

—Es el principio de una famosa canción de negros.

—Conocemos la canción —dijo otro hombre, más pequeño, con la boca tensa y mellada de una liebre. Se puso a cantar alegremente—: *Lordy, I just want to be in that number.*

—Y el último libro —dijo Bech— fue una novela larga titulada *The Chosen*, que tardé cinco años en escribir y que no le gustó a nadie.

—He leído críticas —dijo el hombre de ojos enrojecidos—. No he leído el libro. Es difícil conseguir ejemplares aquí.

—Le daré uno —dijo Bech.

De algún modo, la promesa concedió una involuntaria visibilidad a su destinatario, que, retorciéndose las manos manchadas, pareció hincharse, entrometiéndose grotescamente en el círculo interno de la mesa, de manera que el intérprete se creyó obligado a susurrar, con la premura de una disculpa, al oído de Bech:

—Este caballero es muy conocido como el traductor a nuestro idioma de *Alicia en el País de las Maravillas*.

—Un libro maravilloso —dijo el traductor, deshinchándose de alivio y rebuscando un cigarrillo en sus bolsillos—. Ciertamente nos lleva a otra dimensión. Algo que hay que hacer. Vivimos en un cosmos nuevo.

El presidente empezó a hablar en búlgaro, musicalmente, y se alargó un buen rato. Hubo unas risas amables. Nadie lo tradujo para Bech. El tipo con aires de profesor, con un pelo que parecía un bisoñé rubísimo, se echó con brusquedad hacia delante:

—Dígame, ¿es verdad, como he leído —sus frases silbaban ligeramente, como maquinaria oxidada—, que el valor de Sinclair Lewis ha caído en picado bajo la ola de Salinger?

Y así prosiguieron, tanto aquí como en Kiev, Praga y Alma-Ata, las mismas preguntas, más o menos previsibles, y sus propias respuestas, tremendamente familiares para él mismo a esas alturas, mecánicas, rancias, irrelevantes, falsas, claustrofóbicas. Entonces se abrió la puerta. Entró, con el aire arrebolado de una mujer que acaba de darse un baño, casi sin aliento por haberse apresurado, sin sombrero, una joven con un abrigo rubio, como su pelo. El secretario, que entró tras ella, parecía abrir un espacio que la protegía con sus grandes manos curvadas. La presentó a Bech como Vera nosequé-ova, la poetisa que había pedido conocer. Ningún otro de la lista, explicó, había respondido a sus llamadas telefónicas.

—¿No ha sido una molestia para usted venir? —Cuando Bech lo dijo, sonó como una pregunta genuina a la que él esperaba algún tipo de respuesta.

Ella le habló al intérprete en búlgaro.

—Dice —le tradujo el intérprete a Bech— que lamenta llegar tan tarde.

—¡Pero si acaban de llamarla! —En el calor de su confusión y alegría Bech le habló directamente a ella, olvidando que no le entendería—. No sabe cuánto lamento haber interferido en su mañana.

—Estoy encantada —dijo— de conocerle. Oí hablar de usted en Francia.

—¡Si habla inglés!

—No. Muy poco.

—Pero sí lo habla.

Trajeron una silla para ella desde un rincón de la sala. Se quitó el abrigo, desvelando que vestía un traje también rubio, como si su ropa fuera un rasgo de total coherencia. Se sentó enfrente de Bech, cruzando las piernas. Las piernas eran visiblemente bonitas; la cara, perceptiblemente ancha. Bajó los párpados y tiró de la falda hasta la curva de su rodilla. La sensación que tenía él de que ella se había apresurado, apresurado para ir a *él* y la de que estaba, todavía, graciosamente aturdida, era lo que más le conmovía.

Le habló con mucha claridad, por encima de la fruta, temeroso de maltratar y romper el frágil puente de su inglés.

—Usted es una poetisa. Cuando yo era joven también escribía poemas.

Ella permaneció en silencio tanto rato que él creyó que no iba a responderle, pero al fin ella sonrió y dijo:

—Ahora no es viejo.

—Sus poemas, ¿son difíciles?

—Son difíciles... de escribir.

—Pero ¿no de leer?

—Me parece... que no tanto.

—Bien. Bien.

Pese a la decadencia de su carrera, Bech conservaba una fe absoluta en su instinto; nunca dudó de que en algún lugar había un camino ideal todavía abierto para él y que sus intuiciones eran pistas predeterminadas hacia su destino. Había amado, breve o largamente, con o sin consumación, puede que a una docena de mujeres; pero todas ellas, ahora lo comprendía, compartían el rasgo de la aproximación, de escapar por muy poco, a un prototipo sin revelar. La sorpresa que sentía no tenía que ver con la aparición, por fin, de esa mujer central; siempre había esperado que apareciera. Lo que no imaginaba es que lo hiciera ahí, en esa remota y maltratada nación, en esta sala llena de luz diurna, donde acababa de descubrir un pequeño cuchillo entre sus dedos y, sobre la mesa, ante él, dorada y húmeda, una pera cortada con precisión.

Los hombres que viajan solos desarrollan un vértigo romántico. Bech ya se había enamorado de la pecosa esposa de un embajador en Praga, de una cantante dentuda en Rumanía y de una impasible escultora mongola en Kazajistán. En la galería Tretyakov se había enamorado de una estatua yacente, y en la Escuela de Ballet de Moscú de una sala entera de jovencitas. Al entrar en la sala le sorprendió el aroma, levemente acre, del sudor de las jóvenes féminas. De dieciséis y diecisiete años, vestidas con trajes de ensayo incompletos, las chicas daban vueltas con tal energía que sus zapatillas se deshilachaban. Tímidas y coquetas caras de estudiantes coronaban la inconsciente insolencia de sus cuerpos. La sala doblaba su profundidad gracias a un espejo que abarcaba de suelo al techo. Sentaron a Bech en un banco junto a la base del espejo. Mirando por encima de la cabeza de Bech, cada chica se observaba a sí misma con ojos entrecerrados, petrificada durante un instante en el giro por el imperioso gesto hacia atrás y el chasquido de su cabeza. Bech intentó recordar los versos de Rilke que expresaban ese chasquido y ese gesto seco: *¿no perduraba el dibujo / que la oscura pincelada de tu ceja / veloz escribió sobre la pared de su propio giro?* En un momento dado, la profesora, una vieja y amorfa dama ucraniana con caninos de oro, una *prima* de los años treinta, se había puesto en pie y gritado algo que se le tradujo a Bech como: «No, no, los brazos libres, ¡libres!». Y como demostración había ejecutado una rápida serie de piruetas con tal orgullosa facilidad que todas las chicas, que se repartían como cervatillas a lo largo de la pared, habían aplaudido. Bech las había amado por eso. En todos sus amores había un impulso de rescatar: rescatar a las chicas de la esclavitud de sus esfuerzos; a la estatua, de la fría parálisis de su propio mármol; a la esposa de la embajada, de su marido aburrido y afectado; a la cantante, de su humillación nocturna (no sabía cantar); a la mongola, de su raza impasible. Pero la poetisa búlgara se presentaba ante él como si no necesitara nada, como si estuviera completa, serena, satisfecha, realizada. Le excitó y despertó su curiosidad y, al día siguiente, preguntó por ella al hombre con la boca vagamente despectiva de una liebre, un novelista que se había reconvertido en dramaturgo y guionista, que le acompañaba al Monasterio de Rila.

—Vive para escribir —dijo el dramaturgo—. No creo que sea saludable.

Bech dijo:

—Pues ella parece muy sana.

Estaban junto a una pequeña iglesia de paredes encaladas. Desde fuera parecía un cuchitril, un refugio para cerdos o gallinas. Durante cinco siglos, los turcos habían gobernado Bulgaria y las iglesias cristianas, aunque ricamente ornamentadas en su interior, exhibían humildes exteriores. Una campesina con el pelo alborotado y enredado les abrió los cerrojos de la puerta. La iglesia apenas habría podido dar cabida a más de una treintena de fieles, pero se dividía en tres partes, y cada centímetro de las paredes estaba cubierto con frescos del siglo XVIII. Los que estaban en el nártex representaban un Infierno donde los diablos blandían cimitarras. Al cruzar la diminuta nave, Bech se asomó por el iconostasio para mirar la zona detrás del biombo que, en el simbolismo de la arquitectura ortodoxa, representaba el mundo siguiente, el oculto, el Paraíso. Atisbó una hilera de libros, una silla plegable, un par de antiguas gafas ovaladas. Cuando volvió afuera se sintió aliviado de abandonar la desagradablemente enrarecida atmósfera de cuento infantil. Se encontraban en la ladera de una colina. Sobre ellos había un pinar cuyos árboles tenían los troncos cubiertos de trozos de hielo. A sus pies se extendía el monasterio, un reducto del sentimiento nacional búlgaro durante los años del Yugo Turco. Los últimos monjes habían sido expulsados en 1961. Una ligera lluvia caía sin propósito en las montañas y ese día no había muchos turistas alemanes. Al otro lado del valle, cuyo riachuelo plateado todavía hacía girar una noria, se recortaba la silueta de un caballo blanco e inmóvil sobre un prado verde, clavado como si fuera un broche.

—Soy un viejo amigo suyo —dijo el dramaturgo—. Me preocupa.

—¿Escribe buenos poemas?

—Para mí es difícil juzgar. Son muy femeninos. Tal vez superficiales.

—La superficialidad puede ser una forma de honestidad.

—Sí. Es muy honesta en su trabajo.

—¿Y en su vida?

—También.

—¿Qué hace su marido?

El otro hombre le miró con los labios separados y le tocó el brazo, un extraño gesto eslavo que transmitía un subyacente apremio racial, una complicidad que a Bech ya no le asustaba.

—Pero si no está casada. Como le he dicho, está demasiado concentrada en la poesía como para casarse.

—Pero su apellido acaba en «-ova».

—Ya veo. Me temo que está equivocado. No se debe al matrimonio; yo me apellido Petrov, y mi hermana soltera, Petrova. Todas las mujeres.

—Menudo estúpido soy. Pero aun así me parece una lástima, es una chica encantadora.

—En América, ¿sólo las que no son encantadoras no se casan?

—Sí, tienes que ser muy poco agradable para no casarte.

—Aquí no es así. Nuestro gobierno está muy preocupado, nuestra tasa de natalidad es una de las más bajas de Europa. Es un problema para los economistas.

Bech hizo un gesto hacia el monasterio.

—¿Demasiados monjes?

—Puede que no los suficientes. Con tan pocos, algo de monje se filtra en todo el mundo.

La campesina, que a Bech le pareció vieja pero seguramente era más joven que él, les condujo hasta el límite de sus dominios. Charlaba con una voz ronca en lo que

Petrov le explicó que era una jerga rural muy divertida. Detrás de ella, ora escondiéndose entre sus faldas, ora escapándose a la carrera, andaba su hijo, un niño de no más de tres años. Al pequeño le seguía fielmente de un lado a otro un cerdito blanco, que se desplazaba, como hacen los cerdos, de puntillas, con cambios de dirección llamativamente bruscos. Algo en aquella escena, en la franca alegría de la amplia sonrisa de la mujer y el modo natural como el pelo se le apartaba de la cabeza, algo en la bruma de la montaña y en la hierba cuidada y esponjosa en la que había empezado a formarse escarcha por la noche, evocaba para Bech una ausencia sin nombre a la que estaba vinculado, como un caballo a un prado, la imagen de la poetisa, con su cara despejada, sus bonitas piernas, su ropa parisina, y su esmeradamente cepillado cabello. Petrov, en quien estaba empezando a percibir, a través de las capas de su condición de extranjero, una mente inteligente y amable, parecía haber escuchado sus pensamientos porque dijo:

—Si quiere, podemos cenar. No me costaría nada organizarlo.

—¿Con ella?

—Sí, es amiga mía, seguro que le encantará acompañarnos.

—Pero no tengo nada que decirle. Sencillamente me ha despertado la curiosidad una conjunción tal de belleza e inteligencia. No sé, ¿qué hace un alma con todo eso?

—Puede preguntárselo a ella. ¿Mañana por la noche?

—Lo siento, no puedo. Según el programa que me han organizado, tengo que asistir al ballet y la noche siguiente la embajada da un cóctel en mi honor, y luego vuelvo a casa.

—¿A casa?, ¿tan pronto?

—A mí no me parece tan pronto. Debo intentar trabajar de nuevo.

—¿Le apetece una copa entonces? ¿Mañana por la noche antes del ballet? ¿Es posible? No, no es posible.

Petrov parecía desconcertado, y Bech se dio cuenta de que era culpa suya, porque estaba asintiendo para decir que sí, pero en búlgaro, asentir significaba no, y menear la cabeza, sí.

—Sí —dijo por fin—, con mucho gusto.

El ballet se titulaba *Zapatillas plateadas.* Mientras Bech lo veía, la palabra «étnico» le venía una y otra vez a la cabeza. Se había ido acostumbrando, a lo largo del viaje, a este tipo de evasión artística, a la retirada del difícil y decepcionante presente buscando refugio en la danza, los cuentos y las canciones populares, con la implicación siempre de que, bajo el traje bordado de campesino, lo popular, lo folk era en realidad la niña de mis ojos de todos los corazones, el proletariado.

—¿Le gustan los cuentos de hadas? —Era el intérprete de palmas húmedas, que le acompañaba en el teatro.

—Los amo —dijo Bech con el fervor y la alegría que todavía le duraban de la hora anterior. El intérprete le miró con angustia, como cuando Bech se había bebido el aguardiente de un trago, y a lo largo del ballet no cesó de murmurar explicaciones innecesarias por evidentes de lo que sucedía en el escenario. Cada noche, una princesa se calzaba zapatillas plateadas y atravesaba bailando su espejo para citarse con un mago, que poseía una varita mágica que ella codiciaba, porque con la varita se podía gobernar el mundo. El bailarín que interpretaba al mago era pésimo, y una vez casi la deja caer, y la rabia centelleó en los ojos de la princesa. Ella, la princesa, era una pequeña pelirroja con un trasero alto y redondo, un mohín petrificado en la cara y hermosos movimientos sueltos de los brazos, y a Bech le pareció extrañamente arrebatador el momento en que, antes de dar el salto, bailaba hacia el espejo, un óvalo vacío, y otra chica, vestida de forma idéntica de rosa, salía de entre bastidores y hacía como si fuera su reflejo. Y cuando la princesa, ajustándose altivamente su capa de invisibilidad, saltó a través del óvalo de alambre dorado, el corazón de Bech dio su propio salto hacia atrás en el tiempo, a la hora encantada que había pasado con la poetisa.

Aunque la cita había sido fijada de antemano, ella entró en el restaurante como si, de nuevo, la hubieran convocado repentinamente y hubiera tenido que correr. Se sentó entre Bech y Petrov, casi sin aliento y agitada, pero exudando, otra vez, aquella impalpable calidez de inteligencia y virtud.

—Vera, Vera —dijo Petrov.

—Se apresura demasiado —le dijo Bech.

—No tanto —repuso ella.

Petrov le pidió un coñac y continuó hablando con Bech sobre los más recientes novelistas franceses:

—Son trucos —explicaba Petrov—; buenos trucos, pero trucos. No tiene mucho que ver con la vida, hay demasiado nerviosismo verbal. ¿Tiene sentido?

—Es un epigrama —dijo Bech.

—Sólo hay dos de ellos con los que no me siento así: Claude Simon y Samuel Beckett. ¿No tendrá ningún parentesco, Bech, Beckett?

—Ninguno.

Vera dijo:

—Nathalie Sarraute es una mujer muy modesta. Se portó conmigo como una madre.

—¿La conoció?

—En París la escuché en una conferencia. Después hubo café. Me gustaban sus teorías de, oh, ¿qué?, de los pequeños movimientos dentro del corazón.

Ella pellizcó un trocito de espacio y sonrió, a través de Bech, para sí.

—Trucos —dijo Petrov—. Pero con Beckett no siento eso, en él, en una versión menguada, créalo o no, uno encuentra contenido humano.

Bech se sentía obligado a seguir el hilo, a preguntar por el teatro del absurdo en Bulgaria, por la pintura abstracta (eran las piedras de toque del «progresismo»; en Rusia no había; en Rumanía, un poco; en Checoslovaquia, mucho), para alterar a Petrov. Pero en vez de eso, le preguntó a la poetisa:

—¿Como una madre?

Vera se explicó mientras sus manos modelaban el aire delicadamente, redondeando con matices, por así decir, las esquinas marcadas de sus palabras.

—Después de su charla, nosotras... hablamos.

—¿En francés?

—Y en ruso.

—¿Ella habla ruso?

—Es rusa.

—¿Y qué tal es su ruso?

—Muy puro, pero... anticuado. Como un libro. Mientras ella hablaba, me sentía como en un libro, a salvo.

—¿No se siente siempre a salvo?

—No siempre.

—¿Le parece difícil ser una mujer poeta?

—Aquí tenemos una tradición de mujeres poetas. Tenemos a Elisaveta Bagriana, que es muy buena.

Petrov se inclinó hacia Bech como si fuera a mordisquearle.

—¿Y sus propias obras?, ¿están influidas por la *nouvelle vague*? ¿Cree que escribe anti-*romans*?

Bech seguía mirando hacia la mujer.

—¿Quiere oír cosas sobre cómo escribo? No, ¿a que no?

—Sí, mucho, sí —respondió ella.

Él les explicó a los dos, sin vergüenza, con una voz que le sorprendió a él mismo por su firmeza, su nítido apremio, cómo había escrito en el pasado: cómo en *Travel Light* había pretendido mostrar a gente rozando la superficie de las cosas con sus vidas, tomando matices de las cosas del mismo modo en que los objetos en una naturaleza muerta se colorean entre sí, y cómo más adelante había intentado colocar bajo la melodía de la trama una contramelodía de imágenes, entrelazando imágenes que habían ascendido hasta la superficie y ahogado su relato; y cómo en *The Chosen* había pretendido convertir esta confusión en el motivo mismo, un motivo épico, mostrando un grupo de personajes cuyas acciones estaban todas determinadas, al nivel más profundo, por la nostalgia, por un deseo de volver, de sumergirse, cada uno, en las fuentes de su imaginería íntima. El libro probablemente resultó fallido; al menos, fue mal recibido. Bech se disculpó por contar todo eso. Su propia voz le dejó un regusto insípido en la boca; sentía una embriaguez secreta y una culpa también secreta, porque había logrado conferir a su fracaso un aire grandilocuente, como el de un experimento noble hasta lo imposible y quijotescamente complejo, cuando, en el fondo, sospechaba que la mera y simple vagancia era la causa.

Petrov dijo:

—Una ficción tan sentimental formalmente no puede escribirse en Bulgaria. No tenemos una historia feliz.

Era la primera vez que Petrov había hablado como un comunista. Si había algo que cargaba a Bech de esta gente de detrás del espejo, era su convicción de que, por más de segunda que fueran en lo demás, a sufrir nadie les ganaba. Dijo:

—Créalo o no, nosotros tampoco.

Vera metió baza con calma:

—¿A sus personajes no los mueve el amor?

—Sí, y mucho. Pero como una forma de nostalgia. Nos enamoramos, intento decir en el libro, de mujeres que nos recuerdan nuestro primer paisaje. Una idea tonta. Antes me interesaba el amor. Una vez escribí un artículo sobre el orgasmo..., ¿conoce la palabra?

Ella negó con la cabeza. Él recordó que el gesto significaba «sí».

—... sobre el orgasmo como memoria perfecta. El único misterio es: ¿qué estamos recordando?

Ella volvió a negar con la cabeza y él se fijó en que sus ojos eran grises, y que en sus profundidades la imagen de Bech (que él no podía ver) estaba buscando la cosa recordada. Ella recolocó las puntas de los dedos alrededor de la copa de coñac y dijo:

—Hay un poeta francés, uno joven, que ha escrito de eso. Dice que nosotros nunca... nos reunimos, nos encogemos tanto en nosotros mismos, oh... —Confusa, se dirigió a Petrov en búlgaro rápido.

Éste se encogió de hombros y dijo:

—Concentramos nuestra atención.

—... concentramos nuestra atención —repitió ella a Bech, como si las palabras, para ser creíbles, tuvieran que surgir de ella—. Yo lo digo tonta... tontamente, pero en francés suena muy bien y es... *correcto.*

Petrov esbozó una limpia sonrisa y dijo:

—Es un tema muy agradable de conversación, el amor.

—Sigue siendo —dijo Bech, eligiendo las palabras como si tampoco para él fuera su idioma nativo— una de las pocas cosas sobre las que todavía merece la pena meditar.

—Me parece que está bien —dijo ella.

—¿El amor? —preguntó él, desconcertado.

Ella meneó la cabeza y dio unos golpecitos con los dedos en el pie de la copa, de manera que Bech tuvo una inaudible sensación de tintineo, ella se inclinó como si quisiera estudiar el licor y su cuerpo entero adquirió el tono sonrosado del coñac, y se grabó a fuego en la memoria de Bech: el lustre plateado de sus uñas, el brillo de su cabello, la simetría de sus brazos relajados sobre el mantel blanco, todo salvo la expresión de su rostro.

Petrov preguntó en voz alta la opinión de Bech sobre Dürrenmatt.

La realidad es un empobrecimiento continuo de la posibilidad. Pese a que él había ansiado volver a verla en el cóctel y se había asegurado de que la invitaran, cuando llegó la hora, aunque ella acudió, él no pudo acercársele. La vio entrar, con Petrov, pero al momento la secuestró un agregado de la embajada yugoslava y su bruñida esposa tunecina; y más tarde, cuando serpenteando se iba abriendo camino hacia ella en diagonal, una mano de acero se cerró sobre su propio brazo y una ronca voz femenina americana le dijo que su sobrino de quince años había decidido ser escritor y necesitaba desesperadamente su consejo. No el rollo habitual sino consejo de puño de hierro. Bech se encontró sitiado. Le rodeaba América: las voces, los trajes estrechos, las bebidas aguadas, el estrépito, el brillo. El espejo se había tornado opaco y sólo le devolvía la imagen de sí mismo. Al final se las arregló, mientras los funcionarios se desperdigaban, para abrirse paso y abordarla en un rincón. Ya se había puesto el abrigo, rubio, con cuello de conejo; de un bolsillo lateral sacó un pálido volumen de poemas en alfabeto cirílico.

—Por favor —dijo. En la guarda había escrito: «Para H. Beck, sinceramente, con mala ortografía pero mucho...», la última palabra parecía «añor», pero debía de ser «amor».

—Espere —le rogó él y volvió al lugar donde había estado la esquilmada pila de libros de presentación, pero, incapaz de encontrar el que quería, robó de la biblioteca de la legación un ejemplar sin sobrecubierta de *The Chosen*. Lo puso en las expectantes manos de la chica y le dijo: «No mire», porque dentro había escrito con la confianza estilística de un borracho:

«Querida Vera Glavanakova,
»Es motivo de profundo pesar para mí que usted y yo debamos vivir en lados opuestos del mundo».

Bech se conforma con lo que hay

Aunque los pocos y porfiados admiradores de Bech que había entre los críticos elogiaran su «romanticismo obstinado y marcadamente personal» y su «testarudo rechazo, en esta época de *coups d'état* artísticos y movimientos en manada, a subirse a cualquier carro, salvo el de su propia sensibilidad quijotesca, delicada hasta el exceso y semita de un modo extrañamente antisemita», el autor, pese a todo, sentía una inconfesable afición a lo que estaba de moda. Cada agosto dejaba su desvencijado y enorme apartamento en la esquina de la Noventa y nueve con Riverside y alquilaba una casita en una isla de Massachusetts, cuyas calas y senderos arenosos estaban atestados de otros escritores, productores de televisión, directores de museos, subsecretarios de Estado, directores de la vieja revista izquierdista *New Masses* que se habían apropiado de terrenos a orillas del mar comprándolos a precio de saldo durante la Depresión, estrellas de cine cuyas películas de los años cuarenta gozaban ahora de un artificioso revival, y hordas de esas personas sin oficio ni beneficio conocidos pero apuestas, divertidas y adineradas que llenan los huecos entre los famosos. A Bech, un hijo de la clase media baja, le divertía inocentemente ver a esta gente opulenta caminando descalza por las aceras sucias del único pueblo de la isla, o peleándose por comprar comida a precios abusivos en la diminuta tienda de una aldea del interior. Le gratificaba reconocer a algún ídolo literario de su juventud, encogido y frágil, al que vapuleaban las olas; o que le reconocieran a él, tanto le daba que fuera una jovencita en bikini con aire de fauno a la que le habían mandado leer *Travel Light* en la Brearley School, como una amistosa matrona de Westchester, todavía atractiva en su bañador escotado de una pieza, que confundía afablemente la polémica obra maestra *The Chosen* con un *best-seller* coetáneo del mismo título. Aunque a menudo le abordaban así, nunca le habían interceptado con un coche. El pequeño Porsche púrpura, sobre el que ondulaba el pelo rubio de su conductor, se interpuso delante del viejo Ford de Bech cuando se dirigía a la playa, y le obligó a frenar a unos centímetros de dos buzones pintados con flores y unos rótulos que rezaban, respectivamente, SEA SHANTY y AVEC DU SEL. El chico —era el largo cabello rubio de un chico— se apeó de un salto y se acercó corriendo a la ventanilla de Bech, tendiendo una mano blanda que, cuando Bech la estrechó dócilmente, temblaba como la pechuga de un pajarillo. La cara regordeta del chico parecía una máscara falsa debido a la melena sin cortar, que envolvía sus orejas y confería a su boca, tal vez porque era inequívocamente masculina, un aspecto enérgico y peleón. Sus cejas estaban blanqueadas hasta la invisibilidad; sus pálidos ojos azules destilaban asombro y amor.

—Señor Bech, eh. No podía creer que fuera usted.

—Pues supón que no fuera yo. ¿Cómo explicarías el haberme tirado a esta zanja?

—Seguro que no me recuerda.

—Déjame pensar. No eres Sabu, ni tampoco Freddie Bartholomew.

—Wendell Morrison, señor Bech. Curso de inglés 1020 en la Columbia, 1963.

Durante un trimestre de primavera, Bech, que pertenecía a la última generación de escritores que creía que dedicarse a la enseñanza era una forma de venderse, se había dejado convencer para supervisar —en poco más que eso consistían sus funciones— las más que desinhibidas conversaciones de una quincena de estudiantes y leer sus inquietantemente descuidados manuscritos. Lánguidos y listos, esos jóvenes carecían no sólo de patriotismo y fe, sino también de la tosca moralidad que impone la competitividad. Viviendo de padres a los que despreciaban, sistemáticamente atraídos por lo extravagante, parecían maduros para el fascismo. Sus ideas políticas hacían befa de las creencias progresistas, tan caras a Bech; sus gustos literarios abarcaban desde caóticos segundos espadas como Miller y Tolkien hasta aquellos santos del formalismo —Eliot, Valéry, Joyce— cuyo humilde postulante había sido Bech. Bech incluso les encontraba defectos físicos, aunque las chicas eran más altas y estaban mejor dotadas que las de su juventud, con dentaduras más cuidadas y pieles más claras, su belleza tenía algo de pastoso; las chicas hambrientas y problemáticas de la generación de Bech tenían unas piernas incuestionablemente más bonitas. Poco a poco fue recordando a Wendell. El chico siempre se sentaba a su izquierda, un típico anglosajón, protestante y rubio de Stamford, un genuino *wasp*, con el pelo muy corto, un yanqui de Connecticut, más serio y respetuoso que los demás, peor aún, tan cortés que Bech llegó a preguntarse si no estaría haciéndose el gracioso. Parecía adorar a Bech; y la debilidad de éste por los pijos anglosajones y protestantes era bien conocida.

—Escribiste en caja baja —dijo Bech—. Una orgía con algunas chicas en una casa llena de muebles caros. Destellos de carne rosa en una lámpara de araña. Alguien defecó encima de una alfombra de oso polar.

—Exacto. Qué buena memoria.

—Sólo para las fantasías.

—Me puso la mejor nota, dijo que le había conmocionado. Eso significó mucho para mí. No se lo podía decir entonces, porque yo iba de listillo, tenía esa manía, pero puedo decírselo ahora, señor Bech, su comentario me animó mucho, me ha estimulado para seguir adelante. Usted fue magnífico.

Como la desenvoltura de la lengua del chico apuntaba hacia una larga conversación, la mujer que iba sentada al lado de Bech empezó a removerse inquieta. Los ojos claros de Wendell percibieron el movimiento, lo que obligó a Bech a hacer presentaciones.

—Norma, éste es Wendell Morris. La señorita Norma Latchett.

—Morrison, Wendell Morrison —dijo el chico y estiró el brazo por delante de la nariz de Bech para estrechar la mano de Norma—. Este hombre es un encanto, ¿verdad que sí, señora?

Ella respondió con brusquedad:

—Tiene un pase.

Su delgada y morena mano se quedó, como si hubiera encallado, sobre la mano regordeta y blanca del chico. Hacía bochorno.

—Va-mo-nooos —gritó un niño desde el asiento de atrás con esa voz temiblemente retorcida que precede a un berrinche. Con impotencia, las manos de Bech se tensaron en torno al volante y los cabellos de la nuca se le erizaron. Pese a las dos semanas transcurridas, todavía no se había aclimatado a las presiones que sufren los suplentes de los padres. El niño gruñó desbordando rabia; el estómago de Bech se crispó en una reacción simpática.

—Calla —dijo la madre del niño, con voz lenta, tranquilizadora—. El tío Harry está hablando con un antiguo estudiante suyo. No se han visto desde hace años.

Wendell se inclinó un poco más para asomarse al asiento de atrás, y Bech se vio obligado a proseguir con las presentaciones.

—Ésta es la hermana de Norma, la señora Beatrice Cook, y sus hijos: Ann, Judy y Donald.

Wendell saludó asintiendo cuatro veces. Su velluda mano regordeta se aferraba tenazmente al borde de la ventanilla de Bech.

—Menudo cuadro —dijo.

Bech insinuó:

—Queremos llegar a la playa antes de que se encapote el día.

El cielo perdía transparencia por momentos. A menudo la isla se cubría de niebla mientras el continente, según decía la radio, se asaba con alegría.

—¿Dónde se alojan todos? —La suposición del chico de que vivieran juntos irritó a Bech, básicamente porque era cierta.

—Hemos alquilado un zapato —dijo Bech— a una anciana que se ha mudado a una caja de puros.

La mirada del chico se demoró en los tres niños rubios amontonados, con los cubos de playa y un colchón hinchable, en el asiento de atrás junto a su madre. Les preguntó:

—El tío Harry es muy gracioso, ¿verdad que sí, chavales?

Bech supuso que había herido los sentimientos de Wendell. En rápido gesto de expiación, respondió:

—Nos alojamos en una casa de campo que le hemos alquilado a Andy Spofford, el que salía en las películas bélicas antes de tu época, interpretaba a colegas del héroe a los que mataban, y ahora vive la mayor parte del año en Córcega. Buzón azul, tercer camino de tierra pasada la Up-Island Boutique, se toman todos los desvíos a la izquierda salvo el último, que te lo saltas y vas directo, aunque no del todo. La señora Cook ha venido desde Ossining para pasar esta semana.

Bech se contuvo para no contarle a Wendell que la mujer se estaba divorciando, que lloraba todas las noches y que vivía gracias a las pastillas. Bea era una mujer de aspecto poco llamativo y no muy corpulenta, dos años menor que su hermana Norma; llevaba ropa anodina que parecía pensada para resaltar la belleza vanguardista de su hermana.

Wendell interpretó el aluvión de disculpas de Bech como una invitación y apartó la mano de la puerta.

—Eh, sé que es un compromiso, pero me encantaría que le echara un vistazo a lo que estoy escribiendo ahora. Ya me he salido de aquel rollo de la caja baja. De hecho, me he metido en algo bastante clásico. He visto la película *Ulises* dos veces.

—Y te has dejado crecer el pelo. También has salido del rollo de la peluquería.

Wendell habló más allá de la oreja de Bech, dirigiéndose a los niños:

—Eh, chicos, ¿os gusta navegar a vela?

—¡Sí! —respondieron a coro Ann y Judy; eran gemelas.

—¿Qué es «a vela»? —preguntó Donald.

Ir a la playa había sido la única diversión de los niños. Su madre se pasaba el día medicada y mareada, Norma detestaba la actividad física antes de anochecer y a Bech le daba miedo el agua. Hasta el trayecto en ferry a la isla le parecía arriesgado. No navegaba y raramente nadaba en aguas que le cubriesen por encima de las caderas. Desde su apartamento en Riverside Drive, miraba hacia Nueva Jersey como si el Hudson fuera una calle negra, lisa y ancha.

—Pues lo haremos mañana —dijo Wendell—. Iré a buscarlos a eso de la una, si le parece bien, señora.

Bea, ruborizada al ver que se dirigían a ella, pues Bech y Norma casi la habían sumido en la invisibilidad, concentrados en pelearse y reconciliarse como si ella no estuviera en la casa, respondió con su voz melodiosa y ralentizada por el pesar:

—Sería muy amable por tu parte, si es que de verdad quieres tomarte la molestia. ¿No será peligroso?

—En absoluto, señora. Tengo chalecos salvavidas. Antes era monitor de campamentos.

—Debió de ser cuando cazaste tu oso polar —dijo Bech e intencionadamente volvió a poner el motor en marcha.

Llegaron a la playa cuando el sol acababa de ocultarse detrás de una de esas irregulares nubes en continua expansión cuyos bordes mantienen a raya el cielo azul durante horas. Los niños, alborozados por la libertad y la perspectiva de navegar en una barca de vela, se zambulleron en las olas. Norma, como si desenvolviera un frágil regalo con algo de mal gusto, se quitó el albornoz de playa, desvelando un bikini malva, se encajó unos protectores oculares y se acomodó en el centro de una toalla púrpura del tamaño de una cama doble. Bea, desconsolada en un holgado traje de baño que no hacía justicia a su figura, se sentó en la arena con un libro, uno de los de Bech, curiosamente. Aunque su hermana era amante de Bech desde hacía dos años y medio, sólo ahora se había puesto a hacer los deberes. Avergonzado, temeroso de que el libro, tan cerca de su presencia real, detonara, Bech se alejó unas zancadas y se quedó quieto, con el pecho descubierto, contemplando a su espléndido enemigo, el mar, un hemisferio inconsciente cuyo resplandor de cabritillas persistía lúgubremente aun sin el sol. Poco después, una tímida voz adolescente, la voz que él había estado esperando, susurró en su hombro:

—Discúlpeme, señor, pero, por casualidad, ¿no será usted...?

Para Wendell no supusieron mayor obstáculo las tímidas indicaciones de Bech y se presentó a buscar a los niños puntualmente a la una del día siguiente. La expedición tuvo tanto éxito que Beatrice prolongó su visita otra semana. Wendell llevó a los niños a pescar almejas y a jugar al mini-golf; y también a un cementerio indio, a un molino abandonado y a grandes playas valladas con rótulos de PROHIBIDO EL PASO. El chico tenía esos conocimientos naturales en los *wasps*, esa facilidad con las cosas: sabía cómo insertar un cuchillo para almejas, cómo bucear con un tubo para respirar (sólo con ponerse la máscara Bech ya jadeaba en busca de aire), cómo tirarse faroles y que gracias a su encanto le dejaran entrar en playas privadas (Bech se creía todo lo que leía), cómo emocionar a los niños con unos cuantos trozos de conchas rotas que podrían haber sido remotos restos de caracolas marinas amontonadas en ceremonias rituales. Se hallaba en conexión con la tierra de un modo que Bech sólo podía envidiar. Aunque joven aún, había estado en todas partes —Italia, Escandinavia, México, Alaska—, mientras que Bech, salvo sus vacaciones en el Caribe y una gira patrocinada por el Departamento de Estado por algunos países comunistas, apenas había ido a ningún sitio. Bech vivía veinte manzanas al norte de donde había nacido y los nervios no le habían dejado pegar ojo la noche antes de que Norma, su desvencijado Ford y él emprendieran el arriesgado viaje por la costa hasta la vía de acceso al ferry. Los motoristas que recorrían todo el continente en *Travel Light* habían sido ensoñaciones inspiradas en las quejas de su hermana de Cincinnati sobre su hijo mayor, que no había querido acabar la universidad. Wendell, con sus escasos veintitrés años, avergonzaba a Bech con su ingenio yanqui, su conocimiento de la vida en el bosque, las docenas de trucos para un picnic en la playa, por ejemplo: el horno ahuecado en la arena, el maíz salado con agua de mar, la hoguera encendida con madera de deriva. A Bech todo aquello le parecía una aventura, como también se lo pareció que el chico se quitara, en el ambarino crepúsculo estival, el traje de baño para surfear sin tabla. Wendell componía la figura regordeta pero íntegra de un Adonis de brazos fuertes en las olas, con las nalgas perladas, los genitales bien visibles cuando se alzaba en los huecos de las olas. La nueva generación estaba inmersa en el mundo al que Bech, como un estúpido y envejecido novio cargado de whisky y dogmas, había intentado subirse y dominar. A Bech le asustaban las cosas, y poseía muy pocas, ni siquiera tenía esposa; la habitación de Wendell, encima de un garaje en la finca veraniega de unos amigos de sus padres, tenía de todo: desde anchoas en lata y una Biblia a fotografías pornográficas y un gramo de LSD.

Desde que Bech la conocía, Norma había querido tomar LSD. Una de sus quejas contra él era que nunca se lo había conseguido. Él, que sabía que todas sus quejas se reducían en última instancia a que sabía que no se casaría con ella, le decía que ya era muy mayor para esas cosas. Tenía treinta y seis años; él, cuarenta y tres, y aunque coqueteaba con la senilidad que tan pronto se abate sobre los escritores americanos, seguía siendo absurdamente cauteloso con cualquier cosa que pudiera dañar su cerebro. Cuando, en el porche de la casa de campo, Wendell dejó caer que tenía un poco de LSD, Bech se dio cuenta del repentino cambio de humor de Norma. La nariz se le afiló, su amplia boca empezó a fluctuar rápidamente entre una sonrisa que fundía el corazón y una expresión decaída y casi de rabia. Era el humor con el que, hacía dos navidades, le había abordado en una fiesta, aparentemente para hablar de *The Chosen* pero en realidad para engatusarle y que la invitara a cenar. Empezó a conversar sólo con Wendell.

—¿Dónde lo conseguiste? —preguntó—. ¿Por qué no te lo has tomado?

—Oh —respondió él—, conocí a una licenciada en química muy puesta. Hace un año que lo tengo. Uno no se lo toma, ya sabe, antes de acostarse, como si fuera cacao Ovaltine. Tiene que haber alguien más con quien hacer el viaje. Puede ser un rollo muy malo —su voz había adquirido un matiz susurrante y solemne por debajo de su tono juvenil e ingenuo— hacer un viaje solo.

—Tú ya lo has hecho —dijo Bech educadamente.

—Sí. —Su tono sombrío se ajustaba a la hora del día. Al oeste, el cielo se zambullía en un color rosado; los veleros viraban por última vez hacia la bahía. Dentro de la casa, los niños, felices y ruidosos tras una excursión con Wendell al vivero de langostas, estaban cenando. Beatrice entró para darles el postre y buscarse un suéter.

Las esbeltas y delicadas piernas de Norma se movían nerviosas y las cruzó otra vez cuando se volvió hacia Wendell con su sonrisa rapaz. Antes de que pudiera hablar, Bech hizo una pregunta que le devolvería al centro de atención.

—¿Y así que ahora escribes de eso? ¿A la manera clásica de las películas de *Ulises*?

Con la incomodidad de tener que instruir a su instructor, la voz de Wendell bajó otra muesca.

—En realidad no es algo de lo que se pueda escribir. La escritura hace distinciones, y esto las anula. Por ejemplo, recuerdo una vez que me asomé por la ventana de mi habitación en la Universidad de Columbia; alguien había dejado una toalla verde en la azotea de grava. Para tomar el sol, supongo. Pensé: vaya, es una bonita toalla verde, bonito tono de verde, precioso tono de verde... ¡y el color me atacó!

Norma preguntó:

—¿Cómo te atacó?, ¿le salieron dientes?, ¿se hizo más grande?, ¿cómo? —A ella le estaba costando, le dio la impresión a Bech, no sentarse en el regazo de Wendell. Los ojos inocentes del chico, sin cejas, como un oso de peluche, parpadearon una pregunta hacia Bech.

—Cuéntaselo —le dijo Bech—. Tiene curiosidad.

—Una curiosidad terrible —exclamó Norma—. Estoy tan harta de ser yo misma. El licor ya no me sirve de nada, ni el sexo, nada.

Wendell miró otra vez hacia Bech, preocupado.

—Me..., me atacó. Intentó convertirse en mí.

—¿Y fue maravilloso?, ¿o espantoso?

—A medio camino. Debe entender, Norma, que no es una experiencia divertida. Requiere todo lo que uno tiene.

Su tono de voz se había vuelto igual de forzado, o quién sabe si irónicamente respetuoso, que el que había usado en el curso de Inglés 1020.

Bea apareció en el umbral, tenue detrás de la tela metálica.

—Ahora, mientras estoy todavía de pie, ¿alguien quiere otra copa?

—Oh, *Bea* —dijo Norma levantándose de un salto—, no te hagas más la mártir. Es mi turno de cocina, déjame que te ayude. —A Bech, antes de desaparecer dentro, le dijo—: *Por favor,* arregla lo de mi viaje con Wendell. Él cree que soy un incordio, pero a ti te adora. Dile lo buena que seré.

Su salida dejó a los hombres en silencio. Sábanas de jirones blanquecinos descendían por el cielo hacia un crepúsculo magenta; Bech se sentía arrastrado hacia una situación en la que nada, ni el tacto ni la razón ni la moralidad que había aprendido de su padre y de Flaubert, le ofrecía un punto de apoyo. Por fin, Wendell preguntó:

100

—¿Es una persona estable?

—Muy ines...

—¿Algún historial de perturbaciones psicológicas?

—Nada aparte de la psiquiatría habitual. Dejó el análisis a los cuatro meses. Aparentemente cumple muy bien con su trabajo: maquetar y diseñar para una agencia de publicidad. Le gusta alardear de mal genio pero no se le escapa una y siempre está a la que salta.

—Tengo que pasar un rato a solas con ella. Es muy importante que la gente que viaja junta se lleve bien. Los viajes duran al menos doce horas. Si los implicados no se entienden, es una pesadilla. —El chico lo dijo con tal solemnidad, tan ajeno a lo estrambótico de su propuesta, que Bech se rió. Pero Wendell, con seriedad, como si le hiciera un reproche, susurró en la oscuridad—: La gente con la que haces un viaje se convierte en la más importante de tu vida.

—Bueno —dijo Bech—. Quiero desearos a Norma y a ti toda la suerte del mundo. ¿Cuándo debemos enviar las invitaciones de boda?

Wendell salmodió:

—Noto su desaprobación. Su miedo.

Bech se quedó sin palabras. ¿Acaso este chico no sabía lo que era una amante? Esta generación no tenía sentido de la propiedad privada. Los primeros cristianos; la comuna utópica de Brook Farm.

Wendell prosiguió cautelosamente, con consideración:

—Déjeme proponerle algo. ¿Ella ha fumado maría alguna vez?

—No conmigo. Yo soy una anticuada figura paternal. Dos partes de Abraham y una de Fagin.

—¿Por qué ella y yo, señor Bech, no fumamos juntos

algo de marihuana a modo de ensayo? Así ella puede satisfacer su curiosidad femenina y yo veré si podemos hacer un viaje juntos. Por lo que he visto hasta ahora, es una mujer demasiado práctica para ser una drogata; sólo quiere participar en el rollo de los sesenta, y puede que también picarle a usted.

El chico era tan optimista, tan razonable, que Bech no podía dejar de tratarlo como a un estudiante, con todas las prerrogativas adquiridas de un estudiante, como su inatacable poder para entrometerse y exigir. Jóvenes cabezas americanas. La carrera espacial con Rusia. Bech se oyó ceder:

—Muy bien. Pero no te la lleves a esa covacha de aprendiz de brujo tuya.

Wendell se quedó perplejo; a aquella luz tenue parecía una inocente criatura de peluche inmiscuyéndose delicadamente en el inescrutable laberinto de los prejuicios de otro hombre. Por fin dijo:

—Me parece que entiendo su preocupación. Se equivoca. No hay la menor posibilidad de sexo. Todas estas sustancias son inhibidores sexuales. Está comprobado médicamente.

Bech se rió otra vez.

—Ni se te ocurra inhibir sexualmente a Norma. Es lo único que nos queda todavía a ella y a mí. —Pero al hacer esa combinación de chiste y confesión, había absuelto al chico de su intrusión en el laberinto y le había franqueado la entrada hacia zonas más íntimas de su vida de lo que había pretendido, y todo porque, sospechaba Bech, en el fondo temía haberse quedado anticuado. Convinieron en que Wendell iría a buscar algo de marihuana y se quedaría a cenar.

—Tendrás que conformarte con lo que haya —le dijo Bech.

A Norma no le hizo gracia lo que habían acordado.

—Qué ridículo por tu parte —dijo—, mira que no fiarte de que me quede a solas con ese crío. Eres inmaduro y posesivo. No soy de tu propiedad. Soy libre de hacer lo que me venga en gana, y así me quisiste.

—Sólo quería evitarte la vergüenza —le dijo—. He leído las historias del chico; no sabes lo que tiene en la cabeza.

—No, después de hacerte compañía durante tres años se me ha olvidado lo que pasa por la cabeza de un hombre normal.

—Entonces reconoces que *es* un hombre normal, no un chiquillo. Pues muy bien. Mantente alejada del *atelier* de ese cabrón, o de lo que crea que es. Una guarida.

—Vaya, mira por dónde me sale ahora el joven y feroz amante. Me pregunto cómo habré podido sobrevivir treinta y tantos años sin la protección de tus alas.

—Eres tan autodestructiva que yo también me lo pregunto. Y, a propósito, no hace tres años que estamos juntos, sólo dos y medio.

—Has contado hasta los minutos. ¿Es que se me está acabando el plazo?

—Norma, ¿por qué quieres evadirte con todas esas drogas? Es una ofensa al mundo, hasta a mí mismo.

—Quiero tener una experiencia. No he tenido hijos, el único anillo de casada que he llevado es el que me prestas cuando vamos a St. Croix en invierno, nunca he estado en Pakistán, nunca iré a la Antártida.

—Si es por frío, te compraré una nevera.

—Ésa es tu solución para todo, ¿verdad?, comprar otra celda. Vas de celda en celda, cada una más acogedora y diminuta que la anterior. Pues mira, para empezar, no creo que tu maravilloso estilo de vida, tu embriagadora mezcla del arte por el arte y el acojone de la Depresión, haga al caso. Mi vida se está cerrando para siempre y lo odio, y me parece que de este modo podría abrirla un poco. Sólo un poco. Sólo una diminuta grieta, un resquicio para que entre la luz del sol.

—Ya vuelve el chaval, ya vuelve. Tu chute está a punto de llegar.

—¿Cómo voy a poder colgarme con Bea y contigo ahí sentados mirándome con caras largas? Es grotesco. Es castrante. Mi hermana pequeña. Mi amable protector. Ya puestos, también podría llamar a mi madre, vendría volando desde West Orange con las sales aromáticas.

Bech le agradecía que hubiera dejado que su rabia, su angustia, bajara del punto álgido que había alcanzado con la queja de que no había tenido hijos. Le prometió:

—Fumaremos contigo.

—¿Quiénes?, ¿Bea y tú? —Norma se rio despectivamente—. Las dos niñeras. Sois las dos personas más cautelosas que he conocido en mi vida.

—Nos encantaría fumar maría. ¿Verdad que sí, Bea? Vamos, anímate, date un respiro. Olvídate por un rato del Nembutal.

Beatrice, que había estado cocinando chuletas de ternera y poniendo la mesa para cuatro mientras Bech y su hermana hacían aspavientos molestándola en el pasillo entre la cocina y la zona de comedor, se detuvo un momento y se lo pensó:

—A Rodney le daría un ataque.

—Rodney se está divorciando de ti —le dijo Bech—. Piensa por ti misma.

—Si vosotros también fumáis, se vuelve todo demasiado ridículo —se quejó Norma—. Le quita todo lo que tiene de aventura.

Bech le preguntó con brusquedad:

—¿Es que no nos quieres?

—Bueno —decía Bea—, con una condición. Los niños tienen que estar dormidos. No quiero que me vean hacer ninguna tontería.

Fue a Wendell a quien se le ocurrió la ingeniosa idea de que los niños durmieran en el porche, lejos del ruido y los humos que pudiera haber. De su escondite mágico había traído dos sacos de dormir, uno doble, para las gemelas. Acomodó y tranquilizó a los tres pequeños Cook señalándoles las constelaciones y la zona del cielo donde, según los periódicos de esa semana, podrían ver estrellas fugaces.

—Y cuando os hayáis aburrido de eso —dijo Wendell—, cerráis los ojos y escucháis atentamente a ver si oís un búho.

—¿Hay búhos? —preguntó una de las gemelas.

—Claro.

—¿En esta isla? —preguntó la otra.

—Uno o dos. Todas las islas tienen un búho, si no, los ratones se multiplicarían sin parar y no habría hierba, sólo ratones.

—¿Se nos llevará? —Donald, de cinco años, era el más pequeño.

—Tú no eres un ratón —susurró Wendell—. Eres un hombre.

Bech, escuchando sin que le vieran, sintió una punzada de resentimiento y envidió la facilidad con la que los nuevos americanos se relacionaban con los niños. Qué terrible le parecía a él, judío, no tener hijos, carecer de la dignidad de un padre. Los cuatro adultos tomaron una sobria y silenciosa cena. Wendell le preguntó a Bech qué estaba escribiendo, y Bech dijo que nada, que estaba revisando galeradas de sus viejas novelas, encontrando un montón de erratas. No era extraño que los críticos no lo hubieran entendido. Norma se había cambiado y se había puesto una bata reluciente, un kimono de seda de color pavo real que le había comprado Bech la Navidad anterior, su segundo aniversario. Él se preguntó si se habría dejado la ropa interior, y por fin atisbó, cuando ella se inclinaba sobre su chuleta de cordero demasiado hecha, el tranquilizador filo pálido de un sujetador. Durante el café, se aclaró la garganta:

—Qué, chicos, ¿empezamos la sesión?

Wendell dispuso cuatro sillas en un rectángulo y sacó una pipa. Era una pipa normal y corriente, del tipo que, en la sensiblera época en que Bech se había formado la imagen que tenía de la vida literaria, los autores solían sostener en las fotografías de las sobrecubiertas. Norma se quedó con el mejor asiento, el sillón de mimbre, y se fumó un cigarrillo con impaciencia mientras Beatrice recogía los platos y echaba un vistazo a los niños. Se habían dormido bajo las estrellas. Donald había pegado su saco de dormir al de las niñas y dormía con un pulgar en la boca y la otra mano en el pelo de Judy. Beatrice y Bech se sentaron, Wendell les habló como si fueran niños, les enseñó la mágica sustancia, que parecía restos de virutas de lápiz en una bolsa sucia de tabaco, y les instruyó sobre cómo aspirar aire y fumar a la vez, cómo «tragar» el humo y retenerlo para que el precioso narcótico se infiltrara en los pulmones, el estómago, las venas y el cerebro. El detallismo de esas instrucciones suscitó en Bech la convicción de que algo iba a salir mal. Wendell le pareció un instructor pomposo. En un frenesí de chupadas y expresivas inhalaciones, el chico encendió la pipa y ofreció la primera calada a Norma. Ella nunca había fumado en pipa y le entró un ataque de tos. Wendell se inclinó hacia delante e inhaló ávidamente del aire el humo que ella había desperdiciado. Visto en escorzo, él se había transformado, con su pelo rubio suelto, en una cría de león sobre un hueso; sus movimientos rápidos y hambrientos quedaban amortiguados por un silencio siniestro.

—Deprisa —apremió a Norma con voz ronca—, no lo desperdicie. Es todo lo que me queda de mi último viaje a México. Puede que no llegue para los cuatro.

Ella lo intentó de nuevo; Bech se dio cuenta de que estaba tensa, soliviantada, muy consciente de que, con la pipa entre los dientes, se convertía en una bruja de nariz aguileña, volvió a toser y se quejó:

—No me está entrando nada.

Wendell se dio la vuelta, descalzo, y, apuñalándole con la cánula de la pipa, dijo:

—Señor Bech.

El humo era dulzón, circular y maleable, más de lo que Bech había imaginado, se expandía en su boca, garganta y pecho como una benévola nube de tormenta, como una de aquellas tarjetas de San Valentín de su infancia que se desplegaban en un abanico de papel de seda tridimensional. «Más», ordenó Wendell, clavándole de nuevo la pipa, esnifando vorazmente los jirones de humo que escapaban de las caladas de Bech. Esta vez hubo una leve llama, un fantasma de la desagradable aspereza del tabaco. Bech se sentía como una cámara abovedada, con arcos y huecos en las alturas, dando la bienvenida a la nube; cerró los ojos. El color de la sensación era amarillo mezclado con azul, pero de ningún modo verde. El fondo de la garganta le quemaba agradablemente.

Mientras centraba su atención en sí mismo, le llegó la pipa a Beatrice. El humo se filtraba entre sus labios apretados; a Bech le pareció tremendamente conmovedor que ni siquiera para la depravación se molestase en ponerse lápiz de labios. «Dámela», insistió Norma, alargando la mano con avidez. Wendell aferró la pipa contra el pecho y, con el ardor de un hombre atrapado respirando por un tubo, inhaló la marihuana. El aire adquirió un olor dulzón, florido y agradable. Norma se levantó de un salto del sillón, el kimono centelleó, y agarró bruscamente la pipa, de manera que salieron volando preciosas chispas. Wendell la empujó de vuelta al sillón y, como una madre alimentando a un bebé, acercó la boquilla a sus labios.

—Despacio, con cuidado —canturreó en voz baja—, aspire, déjelo presionar contra el paladar, florecer dentro de usted, reténgalo, que no se le escape. —Las eses que pronunciaba eran muy sibilantes.

—¿A qué viene toda esta hipnosis? —preguntó Bech. Le desagradaba la habilidad con la que Wendell manipulaba a Norma. El chico se lanzó sobre él y le introdujo la pipa húmeda en la boca.

—Dentro, más adentro, así, bien…, muy bien…

—Quema —se quejó Bech.

—De eso se trata —dijo Wendell—. Así, perfecto. Lo está pillando.

—¿Y si vomito?

—La gente nunca vomita por esto, está comprobado médicamente.

Bech se volvió hacia Beatrice y dijo:

—Hemos criado una generación de farmacólogos aficionados.

Ella tenía la pipa; se la devolvió a Wendell, sonrió y dijo:

—De rechupete.

Norma pataleó y dijo con rabia:

—No está pasando nada. No me está haciendo nada.

—Ya llegará, ya llegará —repitió Wendell. Se sentó en la cuarta silla y pasó la pipa. Unas gotas delicadas de sudor corrían por su redonda y regordeta cara.

—¿Te has fijado —le preguntó Bech— en qué piernas tan sensacionales tiene Norma? Es lo bastante mayor para ser tu madre biológica, pero, anda, échale un vistazo a sus piernas. Éramos la Generación Fibrosa.

—¿Cuál es esa generación suya? —le preguntó Wendell, todavía en el tono respetuoso del curso de Inglés 1020—, ¿la de la gente corriente?

—*Nuestra* madre biológica —dijo inesperadamente Beatrice— creía de verdad que yo tenía mejor figura. A Norma la llamaba cabezona.

—No pienso quedarme aquí sentada mientras se habla de mí como si fuera un trozo de carne —dijo Norma. A regañadientes le pasó la pipa a Bech.

Mientras Bech fumaba, Wendell decía en voz susurrante:

—Así, más adentro, deje que le llene. Ya lo ha pillado. Mi maestro, mi gurú.

—Tú sí que estás hecho un gurú —dijo Bech pasándole la pipa a Beatrice. Hablaba con una lentitud ondulante, una voz hueca como la de un ídolo—. Todos vosotros, los de las flores, sois fascistas en ciernes. —Las aes y las eses habían adquirido una nueva riqueza de matices en su boca—. Fascistas *manqués* —añadió.

Wendell rechazó la pipa que le ofreció Beatrice.

—Devuélvasela a nuestro profesor. Necesitamos su sabiduría. Necesitamos los frutos de su sufrimiento.

—*Manqué* ve culito, *manqué* quiere culito —prosiguió Bech, dando una calada e inhalando. Lo que una mujer debía de sentir en el coito. Más, más.

—*Mon maître* —dijo Wendell suspirando, y se inclinó hacia delante jadeando, asombrado, cariñoso.

—Sufrimiento —se burló Norma—, me muero de ganas por ver el día en que Henry Bech sufra. Es el hombre más cauteloso de América desde que retiraron al gobernador Tom Dewey. Oh, esto es espantoso. Todos vosotros estáis diciendo tonterías y aquí estoy yo, sobria, como si nada. Lo odio. Os odio a todos vosotros, absolutamente.

—¿Oís música? —preguntó Bech y le pasó la pipa directamente a Wendell.

—Mirad las ventanas, todos vosotros —dijo Beatrice—, las ventanas se están metiendo en la habitación.

—Deja de fingir —le ordenó Norma—. Siempre le hacías la pelota a mamá. Y prefiero ser la cabezona Norma que la sosa Bea.

—Ella es preciosa —le dijo Wendell a Norma refiriéndose a Beatrice—. Pero usted también. Nuestro señor Krishna reparte bendiciones con mano generosa.

Norma se volvió hacia él y sonrió. Su tropismo hacia el farsante como el de una flor hacia el sol. Una boca amplia y cálida en la que los recuerdos del placer se han convertido en palabras venenosas.

Con cautela, Bech le preguntó al otro hombre:

—¿Por qué tu cara parece el fondo de un escurridor en el que se ha amontonado lechuga? —La imagen le pareció elegante y precisa a la vez, cruel pero acertada. Aunque pensar en lechuga le fastidió la digestión. Hierba. Todos los hombres. Las cosas crecen en círculos. Que paren los círculos.

—Sudo con facilidad —confesó alegremente Wendell. La fácil desvergüenza regalada a una generación ingrata por décadas de pobreza y guerra.

—Y escribes mal —dijo Bech.

Wendell no se alteró. Replicó:

—No ha leído mi nuevo material. De verdad que está tremebundamente controlado. Estoy dejando que las cosas dominen a las emociones en lugar de al contrario. ¿No le parece que, desde *Wake,* las emociones están acabadas en prosa?

—Háblame a mí —dijo Norma—. Él está absolutamente obsesionado consigo mismo.

Wendell se limitó a contestarle:

—Él es mi dios.

Beatrice estaba preguntando:

—¿A quién le toca ahora?, ¿es que a nadie más le preocupan las ventanas? —Wendell le pasó la pipa. Ella fumó y dijo—: Sabe a posos de café.

Cuando Beatrice le ofreció la pipa a Bech, éste la apartó con cautela. Sentía que la cumbre de su apoteosis ya había pasado y había sido sustituida por un descenso imparable. Sus percepciones eran nítidas, sentía que todos querían algo de él: Norma buscaba amor; Wendell, elogios; Beatrice, unos cuantos días más de vacaciones; pero esas flechas de exigencias estaban dirigidas a un objeto en plena metamorfosis. El pecho de Bech se alzaba, intentando levantar la cabeza y estabilizarla, como cuando, hacía treinta años, mareado en el largo trayecto en metro a casa de sus tíos, fijaba la mirada en las garras letales de su propio reflejo en el trémulo cristal negro. La tonta gorra de lana de Buster Brown que su madre le obligaba a ponerse, y su cara pequeña y pálida, que le hacía parecer mayor de lo que era en realidad. La liberación definitiva de la última parada que le revolvía el estómago. En el límite inferior de su visión, Norma se puso de pie y le cogió la pipa a Beatrice. Algo se cayó. Chispas. Las dos mujeres se tiraron al suelo. Norma se levantó con su kimono centelleante y se quejó majestuosamente:

—Se ha caído. Se ha perdido todo. Mierda, ¡eres una avariciosa, Bea!

—De vuelta a México —gritó Bech. Su voz llegó desde muy lejos, a través de capas de una creciente expectación, de la inmovilidad de las náuseas en aumento. Pero no supo con seguridad que iba a vomitar hasta que la voz de Norma, a sólo unos metros en la resbaladiza ofuscación de su descenso, tan aguda y pequeña como algo visto a través de unos prismáticos del revés, anunció:

—Henry, estás completamente amarillo.

En el espejo del lavabo comprobó que ella tenía razón. La sangre había abandonado su larga cara, convirtiendo en escoria el sebo de su moreno estival, del que sólo quedaba la mancha malva de una quemadura del sol sobre su triste nariz. La cara que había atisbado desde un millar de fosos, en barberías y bares, en metros y ventanillas de aviones sobre el mar Negro, antes de afeitarse y después de hacer el amor, sonreía ahora sin inteligencia, con los ojos muy cansados. Bech se arrodilló y se sometió al oscuro éxtasis de sentirse eclipsado, con el cerebro cargado de nada por la violencia de la inversión con la que su estómago se vació repetidamente, hasta que un dolor agradable le arrancó lágrimas de los ojos, y se quedó limpio.

Beatrice estaba sentada a solas en el salón, junto a la chimenea apagada. Bech le preguntó:

—¿Dónde están los demás?

Ella dijo, impertérrita, resignada:

—Salieron y hará un par de minutos oí que se ponía en marcha el coche del chico.

Bech, conmocionado pero sensato, dijo:

—Otro hecho comprobado médicamente que ha saltado por los aires.

Beatrice le miraba inquisitiva. Coqueteaba con la cabeza, pensó Bech, como Norma. Hermanas. Una vara refractada en el agua. Nuestra madre biológica.

Él explicó:

—A, el pequeño cabrón me dice que no me hará vomitar, y b, jura solemnemente que es un inhibidor sexual.

—¿No creerás que..., que se han ido a su habitación?

—Claro que sí. ¿Tú no?

Beatrice asintió.

—Así es ella. Así ha sido siempre.

Bech miró a su alrededor y vio que los objetos familiares, el tarro de bayas de laurel secas; la colección de conchas sueltas, arenosas y malolientes; la pila húmeda de libros sobre el sofá..., todavía conservaban un último resto de la espesura de telaraña y del misterio en el que los había envuelto la marihuana. Le preguntó a Bea:

—¿Cómo te encuentras?, ¿todavía te preocupan las ventanas?

—He estado aquí sentada, vigilándolas —dijo ella—. Sigo pensando que van a ladearse y caer en la habitación, pero supongo que no será así.

—Podrían —le dijo Bech—; no infravalores tus intuiciones.

—Por favor, ¿puedes sentarte a mi lado y vigilarlas conmigo? Sé que parece tonto, pero podría ser de ayuda.

Él obedeció, acercó el sillón de mimbre a Bea y comprobó que, en efecto, los marcos de las ventanas, pintados de blanco sobre paredes de tablas sin pintar, tenían la facultad de animarse y una inquietante insistencia. Su centro de gravedad parecía desplazarse de una esquina a la otra. Se dio cuenta de que sostenía la mano de Bea, flácida, fresca, menos huesuda que la de Norma, en la suya. Ella volvió poco a poco la cabeza hacia él, que apartó la mirada, avergonzado de que su aliento conservara todavía el hedor a vómito.

—Salgamos al porche —sugirió él.

Las estrellas se veían, en lo alto, cerca y maduras. ¿Cuál era aquella frase del *Ulises*? Bloom y Stephen salían de la casa para orinar, y de repente miran hacia arriba: *El cieloárbol de estrellas cargado de húmedo fruto nocheazul*. Bech se sintió asaltado por la tristeza, por el terror, de no haberla escrito. Jamás. Un niño sollozaba y susurraba en sueños. Beatrice llevaba un vestido holgado claro, luminoso en el aire del porche oscuro. La noche era húmeda, parecía viva; las luces a lo largo del horizonte latían. La boya de campana repicaba en una ola silenciosa. Ella se sentó en una silla apoyada en la pared de tablillas y él en otra, delante, dándole la espalda al mar. Ella preguntó:

—¿Te sientes traicionado?

Él intentó pensar, escrutó las estrellas desperdigadas de su deteriorado cerebro en busca de respuesta.

—De algún modo. Pero me lo he buscado. La he estado poniendo nerviosa a propósito.

—Como nos pasó a Rodney y a mí.

Él no respondió, porque no entendió el comentario, pero se maravilló de cómo, cuando la mujer cruzó un par de veces las piernas, podría haber sido Norma, una Norma más amable, más joven.

Ella aclaró:

—Yo forcé el divorcio.

El niño que sollozaba había empezado a gritar; era el pequeño Donald, que chillaba con voz hueca:

—El búho.

Beatrice, esforzándose por dominar la torpeza de su cuerpo, se levantó y se acercó al niño, se arrodilló y lo despertó.

—No hay ningún búho —le dijo—; sólo es mami. —Con esa antigua y extraña fuerza de las madres, lo levantó del saco de dormir y lo llevó en brazos hasta la silla—. No hay ningún búho —repitió acunándolo suavemente—, sólo mami, y el tío Henry y la boya de campana.

—Hueles raro —le dijo el niño.

—¿Raro como qué?

—Como a caramelo.

—Donald —dijo Bech—, nunca comeríamos caramelos sin avisarte. No seríamos tan malos.

No hubo respuesta. Se había quedado dormido otra vez.

—Te admiro —dijo Beatrice por fin, con el balanceo del movimiento de acunar al niño todavía en la voz— por ser tú mismo.

—He intentado ser otros —dijo eludiendo entrar—, pero no convencí a nadie.

—Amo tu libro —prosiguió ella—. No sabía cómo decírtelo, pero siempre había tendido a despreciarte, te consideraba parte de la pandilla de farsantes de Norma, pero tu manera de escribir... es muy tierna. Hay algo en ti que mantienes aparte, a salvo de todos nosotros.

Como siempre que se hablaba delante de él de lo que escribía, un precario temblor recorrió el pecho de Bech. Igual que una vitrina de cristal cuando se acercan pasos pesados. Le entraron las habituales e incontenibles ganas de salir corriendo, de desmentirlo todo, de cerrar los ojos en trance. Más, más. Se quejó:

—¿Por qué nadie llamó siquiera a la puerta cuando me estaba muriendo en el baño? No había gritado así desde que estuve en el ejército.

—Yo quería acercarme, pero no podía moverme. Norma dijo que era tu modo de conseguir ser siempre el centro de atención.

—Menuda zorra. ¿De verdad que se ha ido con ese mocoso que parece un colegial de peluche?

Beatrice, con una entonación enfática que le resultó leve e inquietantemente familiar, dijo:

—Estás celoso. La amas.

Bech dijo:

—Lo que pasa es que no me gusta que los estudiantes de escritura creativa me echen de mi propia cama. Puede que dé la talla para un buen Marinero Fenicio pero soy un lastimoso Rey Pescador.

No obtuvo respuesta; se dio cuenta de que ella estaba llorando. Desesperado, cambió de tema e hizo gestos hacia una luz remota que giraba hinchada por la bruma.

—Todo ese cabo de ahí delante —dijo— es propiedad de un ex miembro del Partido Comunista que se pasa la vida plantando rótulos de PROHIBIDO EL PASO.

—Eres amable —sollozó Beatrice, con el niño dormido en sus brazos.

Un motor se aproximó por una carretera amortiguada por la arena. Los faros barrieron la barandilla del porche y unos pasos dobles crujieron al atravesar la casa. Norma y Wendell salieron al porche; Wendell llevaba un fajo desordenado de papel mecanografiado.

—Bueno —dijo Bech—, no habéis tardado mucho. Creíamos que os habíais ido para toda la noche. ¿O ya ha amanecido?

—Oh, Henry —dijo Norma—, tú crees que todo es sexo. Fuimos a la casa de Wendell para tirar el LSD por el retrete, se sentía culpable por haberte hecho vomitar.

—Para mí se ha acabado, señor Bech. Ya está bien de ese rollo subconsciente. Por cierto, he traído una parte de lo que he escrito; no es exactamente una novela, no tiene por qué leerlo ahora si no quiere.

—No podría —dijo Bech—; no, si hace distinciones.

Norma percibió el cambio en la atmósfera y acusó a su hermana:

—¿Has estado aburriendo a Henry con lo espantosa persona que soy? ¿Cómo habéis podido imaginar vosotros dos que haría alguna tontería con este chaval delante de vuestras narices? Soy más sutil que eso.

Bech dijo:

—Creíamos que estaríais muy colgados de hierba.

Norma se quejó triunfante:

—No sentí nada en ningún momento. Y estoy convencida de que los demás fingisteis.

Sin embargo, cuando Wendell fue enviado de vuelta a su casa y acostaron a los niños en sus literas, se quedó dormida con tal transida profundidad que Bech, desvelado, se levantó a hurtadillas de su cama y se acostó sin ningún temor con Beatrice. Se la encontró despierta y esperándole. En otoño corrió la voz en los círculos literarios de que Bech había cambiado de amante otra vez.

Bech, presa del pánico

Este momento del peregrinaje de Bech debe ser abordado con cierta reverencia, cautelosamente, como corresponde a un misterio. Tenemos unas cuantas diapositivas: Bech posando ante una sala repleta de chicas muy arregladas, desparramadas por el suelo como en un serrallo; Bech acostado pero despierto en una ornamentada habitación de invitados de una residencia estudiantil; Bech conversando junto a una capilla de granito con una mujer vestida con un ceñido traje de una pieza, un *catsuit;* Bech lanzándose como una semilla sobre la hojarasca de la dulce tierra de Virginia, en un robledal en las lindes del campus, suplicando silenciosamente misericordia a Alguien, a Algo. Aparte de eso, semioscuridad y el zumbido opresivo del ventilador que enfría el proyector, y los ruidos del manoseo y los golpes secos cuando el proyeccionista busca de mal humor diapositivas que no están ahí. ¿Qué es lo que provocó el pánico de Bech ese marzo concreto, entre los aromas de maduración de la Virginia rural, en ese lago de chicas que lo idolatraban?

Durante todo el invierno se había sentido inquieto, desganado, irritable, fuera de lugar. Había roto con Norma y estaba saliendo con Bea. El trayecto en tren hasta Ossining era una pesadez, y los niños, a este soltero, le parecían pasmosamente omnipresentes: las gemelas se quedaban viendo la televisión hasta que «el tío Harry» empezaba a dar cabezadas, y luego, en plena noche, el pequeño Donald se metía, dormido y sollozando, en la cama donde Bech yacía con su pálida, afable y regordeta amada. La primera vez que el niño, buscando a ciegas a su madre, había tocado el cuerpo velludo de Bech, había chillado, y él, a su vez, había reaccionado chillando. Aunque Donald, que tenía pocos prejuicios, no tardó en convertirse en un experto en moverse en el lío de carne que a veces encontraba en la cama de su madre; Bech, por su parte, no acabó de adaptarse a la suave transición entre la Bea que hacía el amor y la Bea maternal. Su tono de voz, sus gestos sinuosos, parecían los mismos. Él, Bech, a sus cuarenta y cuatro años, conocido en el mundo entero, y ese pequeño rubiales dependían de manera análoga del mismo cuerpo amplio, los mismos senos y vientre sedosos, los mismos ronroneos adormilados y caricias intuitivas. Por descontado, en abstracto, sabía que tenía que ser así —Freud nos dice que todo el amor es uno, indivisible, como la electricidad—, pero este hombre de letras soltero en concreto, que había sido el único hijo varón de sus padres y que veía a la familia de su hermana en Cincinnati menos de una vez al año, se sentía insultado cuando se encontraba inmerso en el cieno de la promiscuidad familiar. Le quitaba toda la grandeza al sexo el hecho de que, con el semen de Bech todavía chorreando de la vagina y los sobresaltados chillidos de placer de su amante todavía resonando en sus sueños, ella pudiera despertarse, darse la vuelta y atender de manera casi idéntica a un niño presa de un ataque de terror nocturno. La volvía levemente cómica y poco apetecible, como un gran dispensador de leche en un bar de menú. A veces, cuando no se había molestado en ponerse el camisón, o no había podido encontrarlo allá donde lo hubiera arrojado su violencia amorosa, dormía al niño arrimándoselo a los pechos desnudos y Bech se encontraba acurrucado contra la espalda fría, desconcertado por las prioridades de Bea y avergonzado por la inoportuna aparición de la inexorable erección de los celos.

Sus tentativas de alejarla de la familia no consiguieron nada. Una vez, él se alojó en un motel cerca de la estación de ferrocarril y la llevó, en el coche de ella, como si tuvieran una «cita» que continuaría, después de la cena, en la habitación reservada, aunque la velada tuviera que acabar con el regreso de Bea a casa antes de medianoche, porque la canguro era la hija de quince años del pastor metodista del pueblo. Sin embargo, la más que abundante cena en un vulgar restaurante de carretera, su furtivo y desacelerado deslizamiento a través del crujiente patio de grava del motel (donde se estaba celebrando un banquete de kiwanis,* que habían acaparado todas las plazas de aparcamiento), su torpe apresuramiento al abrir la enrevesada cerradura de aluminio engastada en el pomo de la puerta y al ocultar a su ilícita invitada dentro, y el macabro interior de paneles de pladur de imitación de roble y cuadros enmarcados de colores pastel desde los que le contemplaban grandes ojos, todo eso combinado resultó atrofiante para la potencia de Bech. Aunque su acomodada amante, con gentileza, siguiendo no tanto sus instintos

---

* Miembros de la sociedad filantrópica del mismo nombre, creada en 1915, que financia, todavía hoy, proyectos educativos y de salud para la infancia. En los años sesenta era exclusivamente masculina y servía, además, como medio para que sus socios accedieran a una red de contactos sociales y económicos. (N. del T.)

como los instructivos ejemplos de ciertas novelas contemporáneas, intentó devolver la fuerza a su flácido miembro envolviéndolo en las vendas aterciopeladas de sus labios, Bech no consiguió más que dos tercios de erección, que se contraía a una fracción todavía menos utilizable cada vez que el menú de fécula que todavía llevaban en sus estómagos retumbaba, o su mirada se cruzaba con la de algún desamparado representado en colores pastel, o los kiwanis prorrumpían en una nueva salva de aplausos, o los suspiros iniciales de Bea le espantaban hasta arrebatarle la mínima fuerza con la que, por fin, empezaba a funcionar. ¿Quién puede, como había dicho una vez un rabino, con sólo pensarlo, crecer un codo de altura? Desde luego, Bech no, por más que lo intentó. La hija de cara pecosa del pastor dormía en el sofá cuando Bea y él volvieron, tan cubiertos de sudor reseco como una pareja de jugadores de squash.

En Manhattan, en el acogedor territorio de Bech, el problema era otro: Bea experimentaba una inquietante transformación. En las grises y espaciosas habitaciones de Bech, en la esquina de Riverside con la Noventa y nueve, se volvía malhablada, mandona, inquieta, casi zorrona, como si se sintiera demasiado en su propia casa; en resumen, se transformaba en alguien parecido a su abandonada hermana Norma. La sangre de los Latchett se agriaba al olor del matrimonio; el viejo juez Latchett, cuando vivía, había sido uno de los magistrados más severos de Jersey City. Bea, mientras su ropa interior se secaba junto a los calcetines de Bech sobre el radiador del baño, tendía a pontificar:

—Deberías dejar estas sórdidas habitaciones, Henry. Ellas son la mitad de la razón de que estés bloqueado.

—¿Estoy bloqueado? Vaya, creía que lo que me pasaba es que era un mecanógrafo muy lento.

—¿Y a qué ritmo vas: pulsas una vez al día la tecla de la barra espaciadora?

—Buf.

—Lo siento, ha sonado feo. Pero es que me da pena ver a alguien con tus magníficos talentos tan estancado.

—Es posible que mi mejor talento consista en estancarme.

—Ven a vivir conmigo.

—¿Y qué pasa con los vecinos?, ¿y con los niños?

—A los vecinos no les importa. Los niños te quieren. Ven a vivir con nosotros y ya veremos en primavera. Aquí te estás muriendo por el monóxido de carbono.

—Allí me ahogaría en carne. Tú me atas y los demás se me suben encima.

—Sólo Donald. ¿Y no te parece que te lo tomas demasiado a la tremenda? Rodney y yo estábamos totalmente de acuerdo en que no se debía excluir a ningún niño de nada físico, absolutamente de nada. No le dábamos ninguna importancia a ir desnudos delante de ellos.

—Ahórrame la descripción, es como un Grünewald. Rodney y tú, según parece, estabais de acuerdo en todo.

—Bueno, no sé qué decirte, al menos ninguno de los dos nos comportábamos como unas remilgadas solteronas.

—Al contrario que cierto *écrivain juif, n'est-ce pas?*

—Te sale muy bien cuando quieres hacerme quedar como una zorra. Pero, te lo digo sinceramente, Henry, creo que necesitas dar un giro a tu vida.

—Como integrarme en Suburbia. Henry Bech, el gueto unipersonal de Ossining.

—No es exactamente así. No se trata de una aldea polaca. Ya nadie piensa en esas categorías.

—¿Se me exigirá que me haga miembro de los kiwanis? ¿Puede hacerse socio de la Asociación de Padres y Profesores el amante de una mamá?

—Ya no se llama «Asociación de Padres y Profesores».

—Bea, cariño, aquí me quedo, no puedo hacer otra cosa. Llevo veinte años viviendo aquí.

—Ahí radica precisamente tu problema.

—Me conocen en todas las tiendas de Broadway, de la lavandería de los chinos a la panadería sueca; desde la frutería hasta la tienda de comida japonesa. Por ahí va, dicen, el bueno de Bech, un mito viviente. O, como me llaman los negros de la manzana, Bomboncito blanco Charley, el último de los progres de Joe Louis.

—Te asusta de verdad, ¿no? —dijo Bea—, me refiero a mantener una conversación en serio.

Sonó el teléfono. Sin teléfono, se preguntó Bech, ¿cómo podríamos evitar acabar con una proposición de matrimonio? El aparato reposaba junto a una ventana, sobre una mesita con un tablero de ajedrez taraceado, en un enchapado envuelto por años de desuso y vapor. Un polvoriento rayo del sol de las cuatro de la tarde incidía con tibieza sobre una costura deshecha de la cobertura del sofá; una mella con forma de cuchara en la pantalla de la lámpara; una pila de ejemplares de presentación de las novelas que en tiempos fueron nuevas y ahora amarilleaban sin leer, colocadas para dar estabilidad a las patas resecas y tambaleantes de la mesita. La guía telefónica tenía ya sus años, y su portada estaba llena de números garabateados a los que Bech ya no llamaba, entre ellos, en un alegre granate ansiosamente emborronado una mañana temprano, el de Norma. El auricular, cubierto de una película de contaminación, conservaba toda una historia de huellas dactilares.

—¿Diga?

—¿Señó Bech? ¿Hablo con Jenry Bech, el autó?

—Es posible —dijo Bech. La voz sureña, deliciosamente femenina, prosiguió, con un entretejido encaje de entonaciones histéricas y seductoras, para proponerle que acudiera para hablá o leé, lo que prefiriera, a un *college* femenino de Virginia. Bech añadió—: Lo siento, no tengo por costumbre hacer esas cosas.

—Oh, señó Bech. Ya sabía yo que me diría eso, nuestra tutora de inglés, la señorita Eisenbruan, no creo que la conozca, dijo que usté era muy difícil de convencé, pero usté tiene tantas admiradoras entre las chicas que, pese a todo, habíamos abrigado esperanzas.

—Pues muy bien —dijo Bech, una expresión mal elegida, dada la situación.

La voz debió de percatarse de que a él el acento le parecía seductor, porque subió el tono.

—El paisaje por aquí es muy hermoso, el hombre que escribió *Travel Laaht* se merece verlo, está obligado, y aunque sin duda todos sabemos que el dinero no é una tentación para un hombre de su estatus, tenemos un buen presupuesto para contratá oradores este año y nos alegra ofrecerle... —y mencionó una cifra redonda que hizo que Bech se lo pensara.

—¿Y para cuándo sería? —preguntó.

—Oh —su exclamación fue casi coital—, oh, señó Bech, ¿quiere decí que podría? —Antes de que ella le dejara colgar, él había aceptado presentarse en Virginia el mes siguiente. Bea estaba indignada.

—Has perdido todos tus principios. Mira que dejarte engatusar por cosas así.

Bech se encogió de hombros.

—Estoy intentando dar un giro a mi vida.

Bea replicó:

—Pues no me refería a dejarte camelar por un auditorio lleno de racistas de cabezas vacías.

—Me lo tomo más bien como si fuera un apóstol entre los gentiles.

—No quieres hablar en la Columbia, que está a dos estaciones de metro y llena de gente de tu propia onda, pero vas a volar mil quinientos kilómetros para que te vean unas estudiantillas de tercera clase que acaban la facultad, sólo por la remota posibilidad de tirarte a una Scarlett O'Hara. Estás enfermo, Henry. Eres débil y enfermo.

—Bien pensado —le dijo Bech a Bea—, pasaré allí dos noches, así que a lo mejor también puedo acostarme con Melanie.

Bea rompió a llorar. El bajón que le entró a Bech al ver arrugarse la orgullosa barbilla sajona y cómo agachaba su testa rubia fue quizás una premonición de su propio pánico. Intentó superarlo con humor:

—Bea, cariño, no hago más que cumplir tus órdenes. Veré llegar la primavera en tu bonito barrio residencial. Si hasta me han ofrecido mil dólares. Compraré una cama triple para ti, para mí y para Donald.

Los ojos azules de Bea adquirieron un matiz lechoso; sus labios y párpados se volvieron del color rosa bruñido de sus pezones. Se había lavado el pelo y sólo llevaba puesto el albornoz de seda de Bech, uno que le había comprado Norma cuando él le regaló un kimono, y al agachar más la cabeza y apretarse los ojos con las palmas de las manos, las solapas se separaron y sus pechos colgaron lustrosos ante los ojos de Bech. Intentó encontrar unas palabras de consuelo, pero sabía que ninguna sería lo bastante consoladora salvo «Cásate conmigo». Así que apartó la mirada, más allá de la pantalla mellada de la lámpara, hacia el rectángulo enmarcado de la ciudad que conocía mejor que su propia alma: el frágil bosque de antenas de televisión, los patios atrofiados de ailantos sin hojas, el mecanismo atascado de tubos de escape. El bajón que sentía colgaba suspendido nerviosamente en su interior, como un contrapeso.

Dos chicas pequeñas, acicaladas y repeinadas le recibieron en el aeropuerto y le condujeron en un descapotable rosa, a gran velocidad, por el paisaje ondulado y floreciente. La primavera ya había llegado. En Nueva York hacía un tiempo ventoso y crudo. Los monumentos de mazapán de Washington, vistos desde el aeropuerto, resplandecían por encima de los cerezos en flor. Piedmont Air Lines lo había alzado y balanceado sobre colinas mortecinas, de hoja perenne en las cumbres y de un verde fresco de hoja caduca en los valles, donde los arroyos titilaban. La sombra del avión atravesó óvalos de hipódromos y cinturones de tierra arada. Caballos del tamaño de un punto trazaban lentamente líneas de galope dentro de gráficos vallados. Al mirar hacia abajo, Bech sentía vértigo; en un par de ocasiones aterrizaron dando sacudidas en pequeños aeropuertos incrustados en las laderas. En la tercera parada, él se bajó. El sol estaba a mitad de su descenso en el firmamento, en el mismo punto donde se encontraba el día que había sonado el teléfono y Bea se había burlado de que aceptara, pero ahora era una hora más tarde, las cinco ya pasadas. Las dos chicas, entusiasmadas y entre risitas, lo recogieron y lo condujeron, a una velocidad descabellada (si el descapotable volcaba, le arrancaría la cabeza de los hombros; ya se imaginaba al bombero limpiando sus restos de la carretera con una manguera), hasta un campus que en el pasado había sido una inmensa plantación. Allí, muchas chicas con tacones altos, medias finas e, imaginó Bech, ligueros, paseaban por kilómetros de césped en pendiente barridos por el fuerte hedor de estiércol de caballo. En sus fosas nasales de urbanita, el hedor causaba estragos, pero nada en la apariencia refinada del lugar parecía notar su existencia, desde luego no las caras frotadas y maquilladas de las chicas, ni las fachadas de ladrillo y bien cuidadas de los edificios, ni los densos y desiguales magnolios cargados de capullos de color malva y crema con forma de nabo. Era como si uno de sus sentidos hubiera sufrido un cortocircuito y cambiado a otro canal, o como si una escuela de sordomudos estuviera tocando un minueto con el acompañamiento equivocado de una tormenta wagneriana. Se sintió repentina y vertiginosamente vacío. El sol poniente formaba pequeños bultos de matas ensombrecidas en la textura del césped, y mientras conducían a Bech por un sendero enlosado a su primera obligación (una hora «informal» con el Lanier Club, una rama de florecientes poetisas en ciernes), una profunda duplicidad parecía ocultarse en el paisaje. Junto a los rayos cada vez más enrojecidos del sol y el hedor fecal, irrumpió una tristeza desoladora. Supo que iba a morir. Que su mejor obra quedaba ya atrás. Que ahí no pintaba nada y que estaba pavorosamente lejos de casa.

Bech nunca había ido a la universidad. La guerra se había presentado cuando tenía dieciocho años, y, dos años más tarde, *Liberty* aceptó precozmente uno de sus cuentos. Después de la victoria, se quedó en Alemania un año, dirigiendo un boletín informativo para las fuerzas de ocupación estadounidenses en Berlín, y cuando volvió a casa, encontró a su padre muriéndose. Cuando, al poco tiempo, el hombre —que ni siquiera era viejo, apenas entrado en la cincuentena— hubo entregado el último jirón de su tráquea al bisturí del cirujano y hubo retrocedido desde el submundo de la anestesia para su hora final, Bech creyó que sabía demasiado para ir a la facultad. Se unió al ejército de excombatientes que estaban convencidos de haberse ganado el derecho a inventarse sus propias vidas. Entró en una década arrebatada de amor abstracto, de excitaciones letradas y cotilleos, de noches pasadas en vela esperando el renacimiento literario que sin duda superaría al de los años veinte de la misma manera que esta última guerra había superado, en nobleza, amplitud y contundencia, a su predecesora. Pero era allí, con los adustos titanes del modernismo, con Joyce y Eliot, con Valéry y Rilke, donde uno debía empezar. *Hacerlo nuevo. La insoportable lucha con las palabras y los significados.** Bech se alejó de las revistas de papel satinado y se infiltró en las publicaciones trimestrales. En *Commentary* le dejaron usar una mesa. Según le confesó a Vera Glavanakova, escribía poemas: poemas escuetos esparcidos por la página como hollín sobre la nieve. Hacía críticas de libros, de cualquier libro: historia, misterio, almanaques,

---

*   Esta frase es un verso del poema «East Coker», uno de los *Cuatro cuartetos* (1943) de T.S. Eliot. *(N. del T.)*

pornografía..., todo lo impreso tenía magia. Durante unos meses fue el crítico de cine de una efímera revista llamada *Displeasure*. Bech era por entonces un hombre poco atractivo, un travieso don nadie, un seductor de segunda, un microbio de ojos brillantes antes de que el whisky y la fama le confirieran cierta sustancia, con una cabeza que era poca cosa más que una nariz y una nube de pelo imposible de peinar. Estaba ocupado y ocioso, triste y alegre. Aunque raramente cruzaba el agua necesaria para salir de Manhattan, era consciente de la libertad, de su libertad para dormir hasta tarde, para comer jamón, para leer *Las mil y una noches* en la biblioteca de la calle Cuarenta y dos, para pasarse una hora sentado en la sala de Rembrandt del Metropolitan, para cincelar aquellos primeros y extraños párrafos, ni siquiera relatos, que parecían opacos cuando se sostenían sobre el regazo, pero, si se ponían a contraluz en la ventana, revelaban la simétrica transparencia de las deseadas vetas de mineral. Durante los años que precedieron a *Travel Light*, él caminaba por su ciudad gris con una esperanza en su corazón, la expectativa de que, si no ese día, el día siguiente, sería capaz de fusionar a la perfección esos rectángulos de piedra con los rectángulos grises de la prosa impresa. Autodidacta, instruido en las calles, era especialmente sensible, al menos por entonces, a la tristeza de las escuelas. Para él hedían a crueldad rural: ese apiñamiento, ese encierro de personas en su plenitud animal, aturdiéndolas con clásicos romos, sometiéndolas a instructores embotados y desquiciados por los torrentes de sangre joven que han pasado por delante de ellos en el curso de los años; sólo la reverencia con la que se relamen los labios los profesores al pronunciar la palabra «estudiantes» ya hacía recular a Bech.

Nuestra diapositiva lo muestra en una postura afectada, en una suntuosa sala de profesores con paredes acolchadas con ediciones encuadernadas en cuero de Scott y Carlyle, y cuyo suelo está alfombrado con ejemplos de nubilidad decorosamente dispuestos. Estaba siendo, seguramente, tan encantador e ingenioso como siempre: la florida carta de agradecimiento que recibiría más adelante en Nueva York de la secretaria del Lanier Club así lo indicaba. Sin embargo, él tenía la impresión de que su lengua se movía de una manera rara, tan despacio como uno de aquellos caballos al galope que había visto desde dos mil metros de altura en el aire, mientras su atención real se concentraba hacia dentro, hacia la hinchazón cada vez mayor de su miedo, su reconocimiento sin precedentes del horror. Las presencias a sus pies —aquellos ojos chispeantes y serios, aquellas mejillas fervorosamente ruborizadas, aquellas rodillas y pantorrillas coquetamente exhibidas— le horrorizaban con el abismo de su inocencia. Se sentía mareado, aturdido. La esencia de la materia, tal como él lo veía, es el pavor. La muerte se cierne por detrás de todo, como un esqueleto real a punto de saltar a través de una puerta entre esas paredes falsas de libros. Se veía, en este delicado nido de brazos y piernas, extremidades que todavía maduraban hacia la perversa seducción que buscaba la Naturaleza, como una semilla entre demasiados huevos, como un intruso que emocionaba con su tosquedad, un genuino macho intelectual judío, de axilas peludas y molares con fundas, un hombre del Norte salvaje, el Norte que en el pasado había jodido tan a fondo al Sur que éste todavía temblaba... Bech se veía así, pero como si estuviera en una caja *trompe-l'oeil*, cuyas paredes pintadas imitaban, desde la única perspectiva de la mirilla, muebles y una sucesión de arcos tridimensionales. Sabía lo que se esperaba de él, sentía cómo interpretaba su papel y también la falsedad de la interpretación, y sabía que esos niveles de percepción eran las arenas movedizas del absurdo, la nulidad, la muerte. Su muerte le roía por dentro como un parásito enloquecido mientras les hablaba a esas encantadoras hijas de la fértil Virginia.

Una le preguntó:

—Señó, ¿cree usté que queda sitio en la poesía moderna para la riiima?

—¿Para la qué? —preguntó Bech y levantó un vendaval de risitas.

La chica se ruborizó violentamente, y su sangre pareció de repente una herida.

—Para la ri-ma —dijo. Era una criatura delicada, cuellilarga y de cabeza pequeña. Sus ojos azules detrás de las gafas parecían alzarse sobre tallos. El asco dentro de Bech mordió más adentro cuando se disculpó:

—Lo siento, es que no oí lo que dijiste. Me preguntas sobre la rima, pero yo sólo escribo prosa...

Un dulce coro de murmullos se quejó diciendo que no, que su prosa era la de un poeta, era poesía.

Él siguió, encorvado por el dolor de su interior, aturdido por escucharse a sí mismo diciendo algo con sentido:

—... pero me parece que la rima es una de las formas que utilizamos para complicarnos las cosas, nos inventamos un juego a partir de nada, y así podemos ganar o perder y aligerar la, ¿la qué?, la *indeterminación* de la vida. Paul Valéry, en alguna parte, lo trata: el primer verso que llega como un regalo de los dioses y no cuesta nada, pero luego el segundo lo hacemos nosotros, palabra por palabra, agotando todos nuestros recursos, para que armonice con el sobrenatural primero, para que *rime*. Él creía, me parece recordar, que nuestras vidas, pensamientos y lenguaje son un «caos familiar» y que la arbitraria tiranía de una prosodia estricta nos incita a proezas, por así decirlo, de rebelión, que de otro modo nunca podríamos realizar. A lo cual yo sólo añadiría, de cierta manera en contradicción, que la rima es muy antigua, que marca el ritmo y que buena parte de nuestras vidas naturales está caracterizada por la rima.

—¿Podría darnos un ejemplo? —preguntó la chica.

—Por ejemplo, hacer el amor —dijo Bech, y para su espanto observó que la chica se ruborizaba otra vez y, más allá de su rubor, contempló también un universo entero en el que bullía una educación descerebrada, húmedas relaciones cruzadas, cópulas pegajosas y resbaladizas, bailes de cortejo y señales insinuantes, una más de las cuales era, sin que ella lo supiera, su desventurado rubor. Dudó que pudiera aguantar un minuto más allí sin desmayarse. La fertilidad reconcentrada de aquellas chicas le resultaba abrumadora; sus cuerpos se estaban ensanchando y preparando para generar a partir de sus propias células un nuevo cuerpo que saldría del viejo, y el nuevo, a su debido tiempo, expulsaría más cuerpos de sí mismo, y así hasta la eternidad, un océano de células que se duplicaban y reduplicaban, dentro del cual su propio y fugaz momento de conciencia pronto se perdería. Él no había tenido hijos. Había derramado su simiente sobre el suelo. Pero todos somos simiente derramada en el suelo. Estos pensamientos, como Valéry había predicho, no le llegaban limpiamente, en armoniosos paquetes de lenguaje, sino como sensaciones resbaladizas, superpuestas, microorganismos de pensamiento que dejaban al final un sudor de miedo en las palmas de las manos de Bech y una náusea palpable detrás de su cinturón. Intentó sonreír y la charca de damitas se estremeció, como si se hubiera arrojado un guijarro entre ellas. A su rescate acudió el reloj que no veía, que marcó la media, y una voz de matrona, con acento de Manhattan, gritó:

—Chicas, ¡nuestro invitado tiene que comer!

Bech fue conducido a un comedor del tamaño de una catedral donde lo sentaron a una mesa con ocho jovencitas. Una chica negra se sentó a su derecha. Era una de las dos que había en la escuela. El alumnado, a petición propia, y frente a las protestas paternas y los recortes financieros del legislativo estatal, se había integrado por sí solo. La chica era de piel bastante clara, con un peinado afro que parecía una rebanada de pan erecta; se dirigió a Bech con una voz de la que habían sido eliminadas todas las huellas sureñas de acento Dixie.

—Señor Bech —dijo—, admiramos sus dotes con el lenguaje, pero nos preguntamos si no será, de vez en cuando, un poco racista.

—¡Oh! ¿Cuándo?

La presencia de la comida —ensalada de gambas sobre un lecho de lechuga, en cuencos de cristal ondulado— no había mitigado su pánico; no sabía si se atrevería a comer. Las gambas parecían conservar las patas y los ojos.

—En *Travel Light*, por ejemplo, usted se refiere todo el tiempo a Roxanne como *negress*.*

---

* Resulta difícilmente traducible al castellano este intercambio de pullas sobre el vocabulario «racial» de la época. Hasta los años sesenta, a los negros norteamericanos se les denominaba «*negro*». En esa década, con el im-

134

—Pero es que lo era. —Y añadió—: Yo amaba a Roxanne.

—Pero lo cierto es que la palabra tiene connotaciones claramente racistas.

—Bueno, ¿y entonces cómo deberíamos llamarlas?

—Supongo que podría decir «mujeres negras». —Pero la cursilería del tono con que lo dijo dejaba claro que ella, como una solterona que diera clases sobre anatomía masculina, había cosas que preferiría no nombrar de ninguna manera. Por un momento, Bech se olvidó de su miedo gracias a esta amenaza, que le avisaba de que en el lenguaje había agujeros, cosas que no podían nombrarse. Le dijo a la chica:

—Llamarte a ti mujer negra sería tan inexacto como llamarme a mí hombre rosa.

Ella replicó al instante:

—Llamarme a mí *negress* es tan insultante como llamarle a usted *kike*.

Le gustó la forma en que lo dijo. Llana, directa, clara. Jódete. Lo negro es hermoso. Obligado por la conversación a fijarse en su color, notó que la rebanada de pelo tenía un matiz de un tono canela y que unas pecas le salpicaban el puente de la nariz. Y en esos detalles adivinó, es más, vio, en una sucesión de imágenes que le devolvió

---

pulso del movimiento de los derechos civiles, se generalizó el uso del adjetivo «*black*» (*Black* Power, *Black* Panthers, no *Negro* Power...) y «*negro*» pasó a considerarse despectivo. A lo que hay que añadir el ambiguo matiz del sufijo «*-ess*» para marcar el femenino de ciertos sustantivos, no sólo «*negr-ess*» sino también «*jew-ess*» («judía»), que acentúa el tono ofensivo del término, pero no en todos los casos (de ahí la referencia posterior a «*duch-ess*», «duquesa»). Updike escribió este relato en plena polémica del uso de ese vocabulario. «*Kike*» era, y es, un vulgarismo despectivo para referirse a los judíos. *(N. del T.)*

de golpe al pánico, a un capataz irlandés que violaba a una esclava; a esclavos que vomitaban apiñados bajo la cubierta de un barco bamboleante; a africanos vendiendo africanos; a tribus de todos los colores torturándose entre sí; a iroqueses clavando tizones en cuellos de jesuitas; a chinos despellejándose en esmerados jirones; crueldad y depredación que se remontaba más allá del Hombre hasta el alba de la vida, paramecios en una gota de agua, eones de evolución, cada curva de un pico o cada trozo del dedo de un pie conformados por un goteo geológico de muertes individuales. Sus palabras apenas levantaron un leve eco en el profundo pozo de esta visión.

—Una mujer negra podría ser una mujer que se ha pintado de negro. «*Negro*» designa científicamente a un grupo racial, como caucásico o mongol. Lo uso sin prejuicios.

—Y en ese caso, ¿qué le parece «*jewess*»?

Bech mintió; la palabra le hizo esbozar una mueca.

—Lo mismo que «*duchess*».

—Y en cuanto a su amor —prosiguió la chica, todavía con forzada dignidad, manteniendo la cabeza alta como si sostuviera algo en equilibrio encima, y dirigiéndose a toda la mesa plenamente consciente de que la dominaba—, ya hemos tenido bastante. Ustedes llevan cientos de años amándonos en Georgia y Mississippi. Nos han amado hasta la muerte; lo que queremos ahora es que se nos respete.

—Con esto te refieres —replicó Bech— a que quieres que se os tema.

Una chica blanca de las de la mesa les interrumpió con precipitada educación.

—Discúlpameee, Beth Ann, pero, señó Bech, ¿usté

de verdá cree en las razas? En la escuela a la que iba antes nos hacían leé al señor Carleton Coon. Él dice, yo no creo palabra, pero dice que los muchachos negros tienen los talones más largos, y que por eso corren más deprisa en las carreras.

—Jóvenes negros, Cindy —la corrigió Beth Ann—, no muchachos. —Ante su remilgado estremecimiento, el círculo de caras rosadas rompió en una carcajada excesiva, de alivio.

Cindy se ruborizó, pero sin amilanarse; prosiguió:

—También dice, señó Bech, que tienen cráneos más delgados, y que por eso mueren tantos en el cuadrilátero. Y eso que antes nos decían que tenían la cabeza más gruesa.

Desconcertado por la intensidad de su rubor, Bech se dio cuenta de que para esta emocionada jovencita convertida al liberalismo, la antropología era tan excitante como la pornografía. Se le ocurrió que, incluso en una era como ésta, de ciencia e incredulidad, nuestras ideas son sueños, modas, supersticiones, meros ruidos animales que pretenden repeler o atraer. Miró a su alrededor, al círculo de hembras que masticaban, y vio sus cuerpos como los veía un marciano o un molusco, como tallos de pulpa blanda de nervios enredados y extrañamente metidos en un denso capullo en la cabeza, un pedazo de hueso peludo que contenía unos kilos de gelatina en el que un billón de circuitos, la mayoría muertos, guardaban datos y funciones motoras codificadas y generaban un exceso de electricidad que presionaba a la parte sin pelo de la cabeza para filtrarse por los orificios, en forma de ruidos esperanzados o doloridos, además de en un baile simiesco de arrugas. ¡Espejismo imposible! Una mancha en la nada. Y pensar que todos los esfuerzos de su vida —el orgulloso pavonearse, el hacer el amor, el escribir— se reducían a la tentativa de desplazar unas pocas chispas, de desviar unos pocos circuitos, dentro de algunas azarosas cucharadas de gelatina que se disolverían por completo en menos tiempo del que tarda la Falla de San Andrés en encogerse o la cola de la estrella de la punta de la constelación de Escorpio en arrastrarse un centímetro por el mapa del Cielo. La mayor de las famas y la excelencia más duradera se reducen a nada desde esa perspectiva. Mientras comía, ofreciendo mecánicamente bocados votivos de cordero muerto al terror entronizado en su interior, pensó que debía haberse dejado en paz al vacío, debería habérsele librado de esta molestia de la materia, de la vida y, más aún, de la conciencia.

Diapositiva dos. Su dormitorio era la habitación de la esquina de la primera planta de una inmensa residencia estudiantil neogeorgiana nueva. Puertas de cristal cerradas separaban discretamente su alojamiento de los pasillos donde la virginidad dormía en hileras. Pero algunos toques ornamentales susurraban y se reían puerilmente en la habitación: la pantalla con lacitos de la lámpara, los visillos de algodón de plumetis por debajo de las cortinas de terciopelo, la abundancia de tapetes de encaje y figuritas de porcelana sobre delicadas mesitas. Su cama, con dos mullidas almohadas colocadas una encima de la otra como un sándwich pop art, y una colcha con brocados, vuelta hacia arriba en una esquina como una lengüeta de «Ábrase por aquí» en una caja de cereales, parecía artificialmente limpia y bien hecha: una cama de hospital. Y de hecho, como un hombre enfermo, descubrió que sólo podía tumbarse en una postura: boca arriba. Darse la vuelta hacia cualquiera de los lados era como inclinarse hacia el filo de un abismo; ponerse boca abajo era arriesgarse a morir ahogado en el olvido que emergía borboteando de la oscuridad recalentada por su propio cuerpo. Los ruidos de la residencia universitaria que llegaban del otro lado de sus ventanas fueron acallándose. Se gritó la última despedida, los últimos tacones altos repiquetearon por un sendero de losas. Las campanas de la capilla dieron los cuartos. Las tierras más allá del campus se hicieron audibles en los ruidos de un tren de mercancías, un búho, un caballo que relinchaba débilmente en algún prado de medianoche donde el estiércol y la hierba jugaban al ying y el yang. Bech intentó concentrarse en esos ruidos, extrayendo de ellos, a fuer de prestarles atención, el bálsamo de su incontestabilidad, la inocencia que en cierto modo caracterizaba su existencia sencilla, separada de sus atributos. Todas las cosas tienen la misma existencia, comparten los mismos átomos, reajustados: de hierba a estiércol, de carne a gusanos. Una negrura por debajo de este pensamiento, como cristal al que se le ha quitado frotando el esmerilado. Intentó revivir tranquilamente su triunfo de aquella tarde, su lectura, que tan cálidos aplausos había recibido: había leído un largo fragmento de *Brother Pig*, la parte en la que el héroe viola a su hijastra en la bolera, detrás de la máquina que coloca los bolos, y le había asombrado, mientras leía, la coherencia de las palabras, su intrépido avance rítmico. La capa de aplausos, al recordarla, le agobió. Probó con juegos de palabras. Repasó el alfabeto con nombres de salvadores del mundo: Atila, Buda, Cristo, Danton..., Jerjes el Grande..., Woodrow

139

Wilson..., Brigham Young, Zoroastro. Producía cierto consuelo comprobar que el mundo había sobrevivido a todos sus salvadores, pero Bech no había conseguido dormirse. Su pánico, como un dolor que se intensifica cuantas más vueltas le damos, cuando lo inflamamos prestándole toda nuestra atención, se agudizaba alejado de la estela de los aplausos; aunque, como una herida que se iba perfilando poco a poco mediante los esfuerzos del cuerpo para aplicarle asepsia y olvidarla, empezaba a revelar cierta forma. Lo percibía pastoso y rígido. Y mezclada con el miedo, a modo de una especie de coagulante, estaba la vergüenza: vergüenza a sufrir una «crisis religiosa» que, según toda la psicología estándar, debería haber digerido ya en la temprana adolescencia, junto con la culpa posmasturbatoria; vergüenza ante la degradación de un antiguo discípulo de aquellos geniales reservados que fueron Flaubert y Joyce en un hábil animador de audiencias en facultades de medio pelo; vergüenza por haber discutido con una *negress*, por haber hecho llorar a Bea, por haber demostrado que, en sus relaciones con las mujeres, desde su madre en adelante, era un ingrato susceptible, quisquilloso, caprichoso, maliciosamente burlón y despiadado. Ahora que estaba demasiado artrítica y enferma del corazón para vivir sola, él había metido a su madre en un asilo de Riverdale, en vez de acogerla en sus propias estancias espaciosas, escenario de su privacidad estéril y monótona. Su padre, de haber sido él, habría cuidado de su madre. Su abuelo se habría convertido en su esclavo. Seis mil años de lealtad de clan se habían acabado con Bech. Él incluso negaba a sus personajes un pequeño gesto final de amor, el que les permitiría liberarse de sus tropos preferidos, sus frases trilladas, las cadenas que chirriaban cada vez que se sentaba ante la máquina de escribir. Intentó analizarse. Razonó que, dado que el *id* no puede tomar en consideración el concepto de muerte, pues, dado que es no-ser no puede temerse, su miedo debía de atribuirse a algo más concreto, más mordaz y visible. Temía que sus críticos tuvieran razón. Que sus obras fueran de hecho endebles, hipócritas, chillonas y centrífugas. Que la penitencia apropiada para sus pecados artísticos fuera el silencio y el ninguneo; que su *id*, en colaboración con las figuras del superego de Alfred Kazin y Dwight Macdonald, había conseguido reducirlo a la impotencia artística y ahora estaba buscando, a su modo dubitativo y generoso, su extinción personal: de ahí el actual palpitar quejicoso de su ego de donnadie. Preferiría dormir dentro de una hormigonera que en medio de esas revelaciones. Dormir, ese presagio de la muerte, esa pizca de veneno que tomamos diariamente para prevenir la convulsión, se volvió imposible. La única postura en la que Bech podía siquiera medio relajarse era boca arriba, con la cabeza apoyada en las dos almohadas para no ahogarse, los miembros inmóviles imaginándose que era una figurita de porcelana, frágil, fría, una miniatura acunada en una mano inmensa. Así pudo Bech engañarse y, un momento después de que las campanas de la capilla dieran las tres, conciliar el sueño, que en sí era una devastadora demostración del poder del cuerpo para arrastrarnos con él. Sus sueños, difíciles de reproducir, fueron leves como plumas, y volaron de un lado a otro. En uno de ellos hablaba en un francés fluido con Paul Valéry, que se parecía al difunto Mischa Auer.

Se despertó agarrotado. Fue de la cama a la maleta y luego al baño con el encorvamiento dramático de un viejo. A la luz de este nuevo día, a través de la lente tenebrosa de su pánico, los objetos —los objetos, esos espejismos atómicos con filos que hacían daño— parecían remedos de héroes, en su persistencia, en su quijotesca lealtad a las formas que les había dado el azar. Le dio la impresión de que le observaban, de que se animaban al presenciar su lamentable estado. Y así, como el Hombre primitivo, empezó a humanizar el universo. Cagó abundantemente, una materia gaseosa y caliente que se acidificaba en diarrea, supuso, debido a su miedo. Pensó en cómo, esos últimos y desaprovechados años, su producción de excrementos había crecido hasta el punto de que en lugar de acabar en cinco eficientes minutos, parecía pasarse la mayor parte de sus mañanas de trabajo atrapado en el lavabo, hojeando con tristeza el *Commentary* y el *Encounter*. La eliminación se había convertido en el punto fuerte de Bech: respondía cartas con la presteza con la que un tablero de baloncesto devuelve balones, enviaba sus archivos de hojas sueltas a la Biblioteca del Congreso dos veces al año. Se había convertido en un compulsivo vaciador de papeleras. Retretes, buzones y coños eran los receptáculos de su incesante y obsesiva tentativa de aligerarse, como si quisiera volar. Ante el lavamanos de porcelana lavanda (que, recién instalado, lucía uno de esos grifos únicos que mezclan el agua fría y la caliente como una palanca de mando de los viejos biplanos), Bech, muy lejos ya de sus fantasías sobre figuritas de la noche anterior, se sintió precariamente alto: un prodigio que rozaba el cielo y estaba a punto de venirse abajo, de desmoronarse. Sus cuidados personales —lavarse los dientes, secarse el ano, afeitarse la mandíbula— parecían aplicados sobre su cuerpo desde una distancia cósmica, entre el aliento contenido de artefactos inertes, presencias congeladas que él creía que le estaban deseando lo mejor. Se sintió especialmente animado, y conmovido, por la diminuta pastilla de jabón malva que sus dedos desenvolvieron a través de un agujero interestelar.

Pero al salir, ya vestido, al sol, Bech se sintió aplastado por la indiferente escala del exterior. Le abrumaron las múltiples señales transparentes —los capullos, el canto de los pájaros, el brillo de marea viva— del crecimiento y la vida natural, el consumo mutuo e inhumano que es la Naturaleza. Un céfiro manchado de estiércol provocó su primer destello de terror. Desayunó aturdido, con un picor en la nariz que podría haber sido un deseo de llorar. Pero las ocho chicas que se sentaban con él —ocho nuevas, todas caucásicas— fingieron que sus respuestas les parecían oportunas, incluso divertidas. Mientras lo conducían a su primera vitrina del día, un seminario sobre la novela americana de posguerra, una mujer de curvas voluptuosas, una *zaftig*, embutida en un ceñido *catsuit* morado, le abordó junto a la capilla. Era ágil, bastante baja, en la treintena, de pelo moreno peinado hacia atrás del que se escapaban algunos mechones que le caían sobre las sienes y las mejillas y tenía que devolverlos a su sitio con los dedos, gesto que repetía continuamente con habilidad y elegancia. Tenía los labios largos, y en el superior se veía un leve bigotillo. También la nariz era larga, con algo alentadoramente desarrollado e inteligente en las modulaciones que iban de la punta a las aletas. Cuando habló no lo hizo con acento del Sur sino con el mismo de Bech, el desangelado pero rápido y atentamente articulado acento de Nueva York. Era judía.

Dijo:

143

—Señor Bech, sé que le están llevando a un importante compromiso, pero mis chicas, las chicas a las que habló anoche, las del Lanier Club, se quedaron tan, supongo que he de decirlo así, tan impresionadas, que se les ocurrió una petición bastante impertinente, por no decir molesta, y ninguna tuvo el valor de planteársela. Así que me lo han pedido a mí. Soy su tutora. Dicho sea de paso, usted me impresionó también a mí. Me llamo Ruth Eisenbraun. —Le tendió la mano.

Bech se la aceptó. La mano era más cálida que la porcelana, pero igual de precisa y firme. Él le preguntó:

—¿Qué estás haciendo entre estas mieses ajenas, Ruth?*

—No lo menosprecies, es una manera de ganarse la vida —dijo la mujer—. De hecho, éste ya es mi cuarto año aquí. Me gusta. Las chicas son un verdadero encanto, y no todas ellas tontas. Es un sitio donde ves pasar cosas; ves, físicamente, cómo las chicas se sueltan. El que tú aceptaras venir hasta aquí es un tremendo estímulo para la causa. —Retiró la mano que él le retenía y así poder realizar los gestos necesarios para dramatizar «sueltan» y «tremendo». Bajo el resplandor del sol reflejado en la capilla de granito, Bech pudo admirar la ligereza y hasta la fluidez de su expresividad; él disfrutó de la sensación, igual que cuando un sastre toma medidas, de cómo ella lo evaluaba con frialdad incluso a la vez que mantenía una pantalla de cháchara, convirtiendo cada expresión y

---

* Bech aprovecha el nombre y la condición de desplazada de Ruth para buscar su complicidad citando la «Oda a un ruiseñor» (1819) de Keats, que, a su vez, se hacía eco de la soledad de la Rut bíblica (Rut, 1:16), quien, tras enviudar, acompañó a su suegra hasta Belén, donde acabó como espigadora. *(N. del T.)*

giro de frase en una oferta calibrada y desprejuiciada de sí misma—. Es más —estaba diciendo—, la sociedad entera se está soltando. Si fuera negra, preferiría vivir en el Sur. En el Norte nadie cree ya en la integración porque nunca la han tenido, pero aquí, en un sentido económico y social, han disfrutado de la integración desde siempre, aunque, claro está, en los términos del poderoso. Mis chicas, al menos hasta que se casen con el *sheriff* o el distribuidor de Coca-Cola local, son de verdad muy inocentes —otra vez los arabescos con las manos—, y están sinceramente emocionadas por la idea de que los negros sean personas. Me parecen encantadoras. Tras cinco años en el *college* de la Universidad de Nueva York, esto ha sido una gigantesca ráfaga de aire fresco para mí. Una puede decirse honestamente a sí misma que está enseñando a estas chicas. —Y al repetir «chicas» tantas veces estaba encendiendo en el apagado cerebro de Bech la conciencia de que ella, también una chica, era a la vez algo más.

—¿Y qué me querían pedir?

—Ah, sí. Y está el seminario esperando. ¿Sabes cómo lo han apodado?... «Las *Belles* de Bellow.» Pero eso ha acabado convirtiéndose en las «Bolas de Bellow». ¿No te parece una buena señal el que sepan ser obscenas? Mis chicas me han encargado que te pida —y Bech dudó para sus adentros de la fuente de ese encargo delegado— si *porfa*, *porfa* y más *porfa* serías tan amable de juzgar un concurso de poesía que han organizado. Le pedí tu programa de actos a Dean Coates y he visto que tienes un hueco bastante grande a última hora de la tarde; si pudieras pasarte por Ruffin Hall a las cinco, te recitarán con su mejor estilo de catequesis algunos pésimos versos que podrás llevarte a tu habitación y darnos un veredicto mañana, antes de marcharte. Sé que es una imposición, lo sé, lo sé. Pero se emocionarán tanto que se fundirán.

La cremallera de su *catsuit* se abría hasta casi ocho centímetros desde la base de la garganta. Si él se la bajaba otros dieciséis, calculó Bech, descubriría que no llevaba sostén. Por no mencionar liguero.

—Me encantará —dijo—, será un honor, puedes decírselo.

—Vaya, es un detallazo por tu parte —respondió alegremente la señorita Eisenbraun—. Espero que no tuvieras intención de echar una cabezadita esta tarde.

—La verdad —le dijo él— es que no he dormido mucho. Me siento muy raro.

—¿En qué sentido, raro? —Ella le miró a la cara como un dentista que le hubiera pedido que abriera la boca. Estaba interesada. Si le hubiera dicho que tenía hemorroides, ella habría seguido interesada. En parte madre, en parte médico. Debería relacionarse más con mujeres judías.

—No sabría describirlo. *Angst.* Me da miedo morir. Todo es demasiado implacable. A lo mejor son sólo todos estos olores de tierra tan inesperados.

Ella sonrió e inhaló profundamente. Cuando aspiró por la nariz, su labio superior se ensanchó, velludo. El olvidado vello de las mujeres judías. Los muslos velludos.

—Es peor en la primavera —dijo ella—; uno se acostumbra. ¿Puedo preguntarte si te has analizado alguna vez?

Su escolta de vírgenes, que se había retirado discretamente varios metros cuando la señorita Eisenbraun había tendido su emboscada, se removió con nerviosismo. Bech hizo una inclinación.

—Me esperan. —Intentando tomarse con desenfado

la implicación de que estaba loco, añadió—: Hasta luego, cocodrilo.

—Luego es dentro de un rato, cocodrilo. —Chicos de la calle judíos bromeando en la tierra de leche y miel, dando a los amables indígenas algo de lo que reírse. Pero con ella, él había sido capaz de ignorar, por un momento de despiste, al gusano que le corroía por dentro.

¡Qué raro, ciertamente, era su estado! Tan absorbente como el dolor, pero aun así indoloro. Tan capaz de transformar el mundo a su alrededor como una borrachera, pero aun así sin ningún horizonte de sobriedad. Tan debilitante, en su interior, como una columna vertebral rota, pero que aun así le permitía presentar, hacia el exterior, una versión convincente de su comportamiento habitual. Lo que demostraba, si es que se necesitaba demostración alguna, cuánto daba de sí su comportamiento habitual. ¿Quién era? Un judío, un hombre moderno, un soltero, un solitario, un fracaso. Un estafador que sufría un estremecimiento victoriano en los tiempos del modernismo académico. Un mono blanco colgado muy lejos en un cieloárbol de estrellas alto y delgado. Una mota de polvo condenada a saber que es una mota de polvo. Un ratón en un horno. Un grito ahogado.

Su miedo, como una fiebre o una humillación profunda, desnudaba la belleza velada por las cosas. Sus ojos apagados, depurados del sano egoísmo, descubrían una asombrada ternura, como el susurro de una virgen, en cada ramita, nube, ladrillo, guijarro, zapato, tobillo, montante de ventana o matiz de cristal de botella en una remota colina. Bech había pasado, en esta comprimida evolución religiosa suya, del animismo crudo de la mañana a una tarde de romanticismo natural, de punzadas panteístas. Entre la comida (espárragos con crema, patatas fritas y pastel de carne picada) y el concurso de poesía, estaba libre; dio un largo y solitario paseo por las lindes del campus, inhalando los intensos olores, presenciando una miríada de nuevos brotes que emergían con fuerza por el suelo del bosque cubierto de hojas. La vida mordiéndose la cola. Bech alzó la mirada hacia las cumbres que pasaban del verde al azul, y la grandiosidad del teatro en el que la Naturaleza escenifica su estúpido ciclo le sorprendió como si fuera nueva y aumentó la dolorosa acumulación de miedo que le resultaba tan difícil de desalojar y llevaba tan adentro como una elástica esposa joven lleva en su vientre su primer fruto. Se sentía cada vez más impotente; nunca se desembarazaría de ese peso. En un apartado bosquecillo de robles en pendiente se arrojó, con un gruñido de resolución, a la tierra húmeda y rogó misericordia a Alguien, a Algo. Él había creado a Dios. Y ahora el silencio del universo creado adquiría para Bech una milagrosa cualidad de reserva voluntaria, de deidad con tacto que le dejaría orar sumisamente sobre una parcela de barro sin darle más respuesta que los ruidos habituales de susurros, de murmullos, de brotes que crecen invisibles como una red que se hunde despacio cada vez a mayor profundidad en el mar del cielo; la conciencia gradual de que la tierra está infinitamente habitada, de que una deslizante babosa estaba levantando una hoja seca de roble y un grupo de hormigas rojas exploradoras se dedicaba a probar trabajosamente un inesperado bocado, el pulgar de Bech, que acababa de descender encarnado.

Al cabo de un rato, el escritor se levantó e intentó sacudirse la tierra de las rodillas y los codos. Como había temido y para su vergüenza, sentía una rabia añadida, rabia contra el universo por haberle sonsacado la oración. Pero también sentía la cabeza más ligera; se encaminó a Ruffin Hall con el ánimo de un espía condenado que, al entrar en el patio donde le aguarda el pelotón de fusilamiento, al menos sabe que ha dejado atrás la celda húmeda y fría. Cuando las chicas empezaron a leer sus poesías, cada palabra le alcanzaba como una bala. La chica cuellilarga de cabeza pequeña leyó:

> Aire, ese fuego transparente
> que nuestra roja tierra abrasa
> cuando expiramos diariamente,
> ¡canta! Como el agua de casa
> nos habla en murmullos de ríos y playas,
> canta, vida, dentro de la botella
> que tú, alma cálida, tallas
> con esta fría estrella.

En ese poema había mucho más, sobre la Naturaleza, sobre hojas de finas venas y ramitas afiladas como garras de pájaros, y luego más poemas, sobre praderas y caballos y apariciones dignas de Pan, que Bech interpretó como chicos universitarios con tallos de maría, y luego aún más poetas: una chica gruesa de aire viril con un desafortunado estilo de juntar los labios después de cada largo verso roethkesco, una jovencita pálida como una monja que denostaba nuestros bombardeos de aldeas de techos de paja con cavilaciones lowellianas, y una Tallulah floreciente influida tanto por Allen Ginsberg como por Edna

149

St. Vincent Millay; pero los oídos de Bech se cerraron, su corazón rasguñado se retrajo. Esos juveniles corazones, se dio cuenta, sabían todo lo que él sabía, pero como uno que conoce las reglas de un juego que no hay ninguna obligación de jugar; la estructura sellada del naturalismo era una escuela para ellos, pero una prisión para él. Por último, una espléndida belleza con gafas recitó algo de Lanier, de «*The Marshes of Glynn*», el gran himno que empieza:

> Igual que la gallina de la marisma construye
>> en secreto sobre el limo,
> contemplad cómo yo me construiré un nido sobre la
>> grandeza de Dios...

Y sigue:

> Y el mar da mucho, como la marisma; ved, por su
>> abundancia el mar
> se derrama rápido, y muy pronto la hora de la marea
>> que inunda habrá de llegar

Y acaba:

> La marea está en su éxtasis.
> La marea está en lo más alto,
>> y es de noche.

Algo nubló los ojos de Bech, no tanto lágrimas bien formadas como la reacción de visión borrosa que el polen causa a los alérgicos.

Tras la lectura poética, hubo una cena en casa de Madame President, ya la conocen: pelo de hortensia, modales excesivos y una sonrisa atenta tan afilada y limpia como un peine de marfil. Y luego hubo un simposio, con tres estudiantes y dos miembros de la facultad de inglés y el propio Bech, sobre «El destino de la novela en un futuro no lineal». Siguió una fiesta en casa del jefe de departamento, un viejo y franco chauceriano con un aparato auditivo color carne engastado detrás de la oreja como un pegote de chicle. Llegaron los invitados y presentaron sus respetos, con seriedad o burla, a Bech, su distinguido intruso, para luego volver a cabrearse entre sí según las tensas pautas de rivalidad y atracción erótica que predominan en los departamentos de inglés de todas partes. Entre ellos, Bech se sentía torpe y tripudo; los escritores no son académicos sino atletas que desarrollan barrigas cerveceras a partir de los treinta. La señorita Eisenbraun se separó y le acompañó de vuelta por el campus. Una gruesa luna del Sur se desplazaba sobre los magnolios y las cúpulas.

—Esta noche has estado espléndido —le dijo.

—¿No me digas? —dijo Bech—, pues yo me he sentido muy torpe.

—Has estado maravillosamente atento con las chicas y los pelmazos —insistió ella.

—Sí. Donde fallo es con los adultos fascinantes.

Siguió una pequeña pausa, apenas de tres pasos, como para medir la profundidad de la transacción en la que estaban pensando. Uno, dos, tres: una lectura comedida. Pero para elevarlos sobre el umbral del silencio y devolverlos a la conversación se necesitaba un esfuerzo consciente, algo guardado en un cajón con fondo de fieltro. Ella sacó el francés.

—*Votre malaise—est-il passé?* —El idioma de la diplomacia.

—*Il passe, mais très lentement* —dijo Bech—. Se está convirtiendo en parte de mí.

—A lo mejor es tu habitación lo que te ha deprimido. Aquí los alojamientos para invitados son espacios terriblemente aniñados y estériles.

—Justamente, estériles. Me siento como si fuera una infección. Soy el único germen en un universo de porcelana.

Ella se rió, insegura. Habían llegado a las puertas de cristal de la residencia donde él dormía. Un búho ululó. La luna escarchó de plata una cumbre remota. Él se preguntó si, una vez en su habitación, el miedo le haría rezar de nuevo. En una radio sonaba amortiguada música country.

—No te preocupes —la tranquilizó él—, no soy contagioso.

La risa de ella cambió de matiz; se convirtió en una oferta hacia las alturas de su garganta, seguida por sus pechos, por su cuerpo. No llevaba el *catsuit* sino un vestido negro de cóctel con un escote cuadrado, pero el efecto era el mismo: un vago aire escurridizo que invitaba a que la desvistieran. Ella sostenía ante sus pechos un sobre de papel manila lleno de poemas que aguardaban su veredicto.

—Me parece que tu habitación está poco amueblada —le dijo ella.

—Mis habitaciones en Nueva York también.

—Necesitas algo junto a lo que dormir.

—¿Una cámara de oxígeno?

—A mí.

Bech dijo:

—No creo que debamos. —Y se echó a llorar. La reacción parecía que pretendía decir, para sí, que se sentía demasiado asqueroso, enfermo; pero en su fuero interno estaba la superstición de que no debían profanar la residencia dormitorio, esa feliz Lesbos, con la copulación. Ruth Eisenbraun miraba fijamente, perpleja, mientras sus manos aferraban el sobre con los poemas, cómo la luz de luna convertía en hielo las lágrimas de impotencia de Bech. Su cuerpo firme y dispuesto, recortado contra el olor de rocío de la hierba dormida, le parecía a él otro poema abismal en su ignorancia, engañoso en su deseo de paliar el universo. Poesía y amor, tentativas gemelas de sacar lo mejor de un mal trabajo. Impotente, sí; pero en la actitud de Bech, en su rechazo al abrazo, debemos admirar cierto tipo de severidad, un orgullo erguido en su desolación, una resolución a defenderla como si fuera su territorio. Se había levantado como un cobarde pagano por la mañana, pero a medianoche se había transformado en un severo monje.

Todo eso no son más que conjeturas. Lo cierto es que aquí nos movemos en tinieblas. Habiendo conocido a Bech en otras y mejor iluminadas ocasiones, dudamos que, dadas la presencia de esta mujer inoportuna, la proximidad de las puertas de cristal y la llave en su bolsillo, él, pese a toda su inestabilidad, no se la llevara dentro, a su lecho de enfermo, y la dejara aplicar a su herida la húmeda cataplasma de su carne. Por su parte, Ruth era profesora de literatura, y no debía de haber leído tan mal las obras como para malinterpretar al hombre. Imaginémoslos así. Sobre Bech y Ruth se cierne la cúpula negra de su sepulcro; los pezones de los pechos de ella también parecen negros, mientras oscilan encima de él, atormentando su boca, una boca ciega como la de un bebé, aunque sus ojos, cuando los cierra, ven a través del suculento relleno del xilófono de calcio de la caja torácica de Ruth. Su falo, un hueso falso, una criatura fantasmal, como el Hombre de verdad, en las lindes entre la sustancia y la ilusión, la muerte y la vida. Establecen un ritmo. El orificio de Ruth se convierte en una fuerza positiva, empieza a absorber, a martillear. Basta. Como Bech, llegamos a un punto donde las palabras parecen horribles, gusanos sobre el cadáver de la realidad, alimentándose de ella, proliferando; buscamos la paz en el silencio y lo mínimo.

Un momento, esperen. Hay otra diapositiva, una quinta, encontrada oculta bajo una pila de cúpulas doradas de Rusia. Muestra a Bech a la mañana siguiente. Una vez más ha dormido boca arriba, con la cabeza en alto sobre dos almohadas, una figurita de porcelana a través de la que soplan de forma distraída los sueños. Las almohadas han sido colocadas la una sobre la otra para impedir que sepamos si hay dos cabezas en la cama. Se levanta de mala gana, rígido. Una vez más su producción de excrementos es sumamente generosa. Su herida parece cubierta con costras, más seca; ahora sabe que puede sobrellevar el día con ella, que puede vivir con ella. Cumple con su aseo: se lava, se seca, se cepilla, se afeita. Se sienta a la pequeña mesa tipo Sheraton y hojea la gavilla de poemas como si las hojas estuvieran calientes. Concede el primer premio, un cheque de veinticinco dólares, a la chica de cabeza pequeña y ojos azules sobre tallos y escribe como justificación:

«Los poemas de la señorita Haynsworth me sorprenden por ser técnicamente consumados, salen adelante como cumplidores y leales ciudadanos bajo la tiranía de la rima, así como muestran una rica precocidad en esas cualidades que asociamos a las poetisas a partir de Safo: son lacónicos, de ojos prístinos, refinados hacia el mundo y, en su aceptación de nuestra fragilidad mortal, manifiestamente valerosos».

Bech hizo que alguien le entregara el sobre a la señorita Eisenbraun, y una mujer poco atractiva, alta y de largos dientes, cuya voz reconoció como la que le había seducido por teléfono, le condujo al aeropuerto.

—Ah, no sabe cómo lo siento, señó Bech, todo el mundo dice que usté ha sido un encanto, pero tuve que asistí a la boda de mi hermana en Roanoke, fue una de esas cosas que pasan inesperadamente, y sólo he podido volvé esta mañana. Créame, señó, estoy mortificada.

—No se preocupe —le dijo Bech, que se tocó el bolsillo interior de la americana para comprobar que llevaba el cheque. El paisaje, que se desenrollaba a la inversa, le pareció más verde que cuando había llegado, y la velocidad del vehículo menos temeraria. Bea, que con muchas molestias había contratado a una canguro para poder esperarle en La Guardia, sintió, nada más verlo emerger del gigantesco vientre plateado y echar a correr por la pista bajo la lluvia, que le había pasado algo, que ya no quedaba lo suficiente de él para que ella pudiera tener nada.

Bech en Londres

Bech llegó a Londres a la par que los narcisos; sabía que tenía que enamorarse. No era su cuerpo el que se lo pedía sino su arte. Su primera novela, *Travel Light*, se había convertido en un clásico menor de los años cincuenta, junto con *Picnic*, *La búsqueda de Bridey Murphy* y las citas de John Foster Dulles. Su segunda novela, un gesto lírico de repugnancia, del tamaño de una novela breve, titulada *Brother Pig*, no le hizo ningún daño a su reputación y le aclaró las ideas, pensaba él, para un ataque frontal a la maravilla de la vida. El ataque, sorprendentemente, le llevó cinco años, en los que su mente y hábitos de trabajo se desplegaron en círculos, o bucles, cada vez más ociosos y caprichosos; cuando se sentaba a su mesa de trabajo, por ejemplo, su yo más joven, el hasta cierto punto ficticio autor de sus primeras obras, parecía no haber quedado desplazado del todo, de manera que él se convirtió en un borroso e inquieto compuesto, como la imagen que queda sobre la película por una exposición demasiado lenta. El fruto final de estos esfuerzos dispersos, *The Chosen*, fue considerado universalmente un fracaso, pero uno de esos fracasos «honorables» que hacen que un escritor se gane la simpatía de la raza de los críticos, que prefieren tranquilizarse con la noble dificultad del arte antes que vérselas con un potente brío creativo. Elevándose desde los escombros de las malas críticas, Bech se sintió más fuerte que nunca, más conocido y cotizado. Del mismo modo que el *id*, según Freud, es incapaz de distinguir entre una imagen del deseo y un objeto externo real, así la publicidad, otro idiota voraz, desprecia todas las distinciones cualitativas y se da un banquete tanto con lo bueno como con lo malo. Ahora, cinco —no, seis— años después, Bech ha hecho poco más que posar imitándose a sí mismo, garabatear críticas y artículos periodísticos «impresionistas» para *Commentary* y *Esquire* y diseñar una serie de repelentes sellos de goma.

HENRY BECH LAMENTA QUE
NO HABLA EN PÚBLICO.

LO SIENTO, LAS FIRMAS
NO SON MI ESPECIALIDAD.

HENRY BECH ES DEMASIADO MAYOR E INDECISO Y
ESTÁ DEMASIADO ENFERMO PARA SOMETERSE A
CUESTIONARIOS Y ENTREVISTAS.

ES SU TESIS DOCTORAL,
POR FAVOR, ESCRÍBALA USTED SOLO.

Al poner el sello correspondiente en las cartas que recibía y devolverlas al remitente, Bech simplificaba su correspondencia. Pero habían transcurrido seis años y su tercer sello se había secado, se acercaba a la cincuentena, y ya era hora de escribir algo que justificara la imagen que tenía de sí mismo como precioso y útil recluso. Parecía que se requería algún estímulo.

¿Amor? ¿Viajes? En cuanto al amor, hacía poco que Bech había sido objeto de los desvelos de un par de hermanas, primero una y luego la otra; la una era neurótica, de rasgos marcados, áspera y glamurosa, sin hijos y agotadora; y la otra había sido cuerda y suave, sencilla y maternal y agotadora. Ambas habían querido maridos. Ambas tenían conceptos mundanos y utilitaristas de sí mismas que Bech no se atrevió a corroborar. Todo se debió a su empeño en dejarse hechizar y a que se autoengañó al ver a las mujeres como deidades, ídolos cuya joya no estaba engastada en el centro de sus frentes sino entre sus piernas, con otra añadida entre los labios y más pares esparcidos por todas partes, de los tobillos a los ojos, a lo largo de sus formas adorables y extrañas. Sus transacciones con estas criaturas sobrenaturales le infundían, cada vez más agudamente, la conciencia de su propia mortalidad. Su vida se parecía por momentos a ese siniestro cuento de hadas en el que cada deseo concedido encoge una piel mágica que es, en realidad, la vida del deseante. Pero, tal vez, pensaba Bech, una mujer más, un nuevo salto, le pondría a salvo en ese elevado y tranquilo estanque de la inmortalidad donde flotan Proust, Hawthorne y Cátulo, con los ojos vidriosos y boca arriba. Un amor debilitante más liberaría su genio de la esclavitud de su carne fofa.

En cuanto a los viajes: su editor inglés, J.J. Goldschmidt, Ltd., que había pasado de la antología de ensayos de Bech (publicada en Estados Unidos y Canadá como *When the Saints)* y había saldado *Brother Pig* con la precipitación que suele reservarse a las memorias de los obispos y a los álbumes de arte faraónico, ahora, probablemente avergonzado por el éxito progresivo de la pequeña novela en la edición de Penguin, y sintiéndose culpable por los minúsculos anticipos y las mezquinas reimpresiones con los que había atado la floreciente fama de Bech, decidió publicar una antología de treinta chelines titulada, inevitablemente, *The Best of Bech*. Para respaldar la iniciativa le pidió al autor que acudiera a Londres la semana previa a la salida del libro y permitiera que lo «subieran a un pedestal». La expresión recorrió en un serpenteante suspiro los cinco mil kilómetros de cable submarino.

—Preferiría que me «bajaran» —respondió Bech.

—¿Cómo? ¿Henry? Lo siento, casi no te oigo.

—Olvídalo, Goldy. Era una palabra difícil.

—¿Que era qué?

—Nada. Ésta es una comunicación sin suerte.

—¿Sin muerte?

—Sí, todavía, pero matémosla ya. Iré.

Llegó a la par que los narcisos. El VC-10 se ladeó sobre Hampton Court y el matiz del amarillo de las flores ya era visible desde el aire. En Hyde Park, junto al Serpentine, a lo largo del Birdcage Walk en St. James's, en Grosvernor Square bajo la estatua de Roosevelt y en Russell Square bajo la estatua de Gandhi, en todas las plazas valladas de Fitzroy a Pembroke, los narcisos hacían un millón de reverencias doradas a los turistas que, como nuestro héroe, paseaban solitarios como una nube, todavía mareados por el jet-lag. «Un poeta no puede más que ser feliz», recordó Bech, «en tal dichosa compañía.» Y la gente por las calles, arremolinándose en Oxford Street o deambulando de león en león en Trafalgar Square, le pareció que constituía otro anfitrión dorado, hermoso, con el aire antiguo y de rostro frío de las multitudes pastel de Blake, dionisiacos seres pálidos, muslos desnudos y ropa chillona, cabello lacio y pantalones de campana, «Continuos como las estrellas que resplandecen / y parpadean en la Vía Láctea».* Y a la mañana siguiente, mientras contemplaba a Merissa, que se acercaba desnuda a la ventana y luego al armario, sintió que sus rasgos perfectos —los tendones paralelos en la parte de atrás de las rodillas, las variaciones de las sombras que parecían jugar a besarse entre los músculos de sus hombros— fluían hacia fuera y se fundían con la gasa de encaje del gris aire británico. Un VC-10 se cernía en lento descenso sobre las copas de los árboles de Regent's Park. Se irguió y vio que ese parque también tenía sus estanques de oro, sus lechos inestables de narcisos, y que bajo el cielo del mediodía sin sol, los amantes, con sus cabezas como matas andróginas de pelo, habían acabado yaciendo entrelazados sobre la fría hierba que verdeaba. «Fría hierba que verdeaba», oyó Bech. El eco le alteró y le distrajo. El mundo diurno de papel, atestado de libros que él no había escrito, irrumpía en los sueños sustanciales de ebriedad y amor.

Jørgen Josiah Goldschmidt, un hombrecito inquieto y animado con una cabeza ambiciosamente grande y el perfil pendular de un banquero florentino, había organizado una fiesta para Bech la misma noche de su llegada.

—Pero, Goldy, según vuestro horario llevo despierto desde las dos de la madrugada.

Se habían visto varias veces en Nueva York. Goldschmidt obviamente había tomado a Bech por un bufón con el que había que reírse y al que acallar de cuando en cuan-

---

* Este verso y el anterior están extraídos de «Daffodils» («Los narcisos»), 1804, poema de William Wordsworth. *(N. del T.)*

161

do. A su vez, Bech había tomado a Goldschmidt por uno de esos hombres hechos a sí mismos que han pagado el precio (por no dejar que Dios los hiciera) de pequeños defectos, como sordera interna y neuralgia constante. La de Goldschmidt era una historia de triunfo. Judío danés, había llegado a Inglaterra a finales de los años treinta. En veinte años había pasado del Ministerio de Información a la BBC, luego había sido editor en una venerable editorial para acabar, mediada la década de los cincuenta, fundando la suya propia, especializada en escritores vanguardistas extranjeros que nadie más quería publicar y en delicadas antologías de poesía libre de derechos. Un afortunado libro de recetas (sopas naturales) y un prontuario de «Oraciones para humanistas» le libraron de la bancarrota. Ahora era próspero, gracias sobre todo a sus dotes para persuadir a sus abogados e impresores de que le dejaran publicar autores norteamericanos cada vez más obscenos. Aunque carente de cualquier gusto o tendencia personal a la obscenidad, había encontrado una buena ola y se había subido a ella. Su acento y vestuario eran impecablemente británicos. En sintonía con los tiempos, se había dejado crecer unas espesas patillas. Su rostro estaba siempre perfilado con la grisura de un dolor persistente. Dijo, mientras sus ojos marrones (en reposo, revelaban unas encantadoras profundidades ámbar, iluminadas por el fuego de su cerebro; pero raramente estaban en reposo) miraban más allá del hombro de Bech hacia el siguiente problema:

—Henry, tienes que venir. Todo el mundo se muere de ganas por conocerte. Sólo he invitado a la gente más encantadora y simpática. Ted Heath a lo mejor se pasa más tarde, y no sabes lo que ha lamentado la princesa Margarita encontrarse estos días en Ceilán. Puedes echarte una buena siesta en el hotel. Si no te gusta la habitación, la cambiamos. Por tus libros supuse que te gustaría tener vistas al tráfico. La entrevista no es hasta las cinco, un chico terriblemente inteligente y simpático, compatriota tuyo. Si no te cae bien, suéltale media hora del rollo habitual y se marchará.

—Yo no tengo ningún rollo habitual —se quejó Bech, pero el otro hombre respondió sin oírle:

—Eres un encanto.

Demasiado excitado por la nueva ciudad y por haber sobrevivido a otro vuelo, Bech, en lugar de dormir, paseó varios kilómetros contemplando los narcisos y las hileras de casas de estilo georgiano cubiertas de rótulos de demolición y de eslóganes pacifistas, las camisas de volantes y los pantalones unisex en los escaparates, los *bobbies* que parecían modelos masculinos sin sentido del humor y la sucia pandilla de hippies compartiendo la isla negra de Eros en Piccadilly Circus con palomas del color de los gases de los tubos de escape. En Great Russell Street, saliendo desde el Museo Británico, más allá de un pequeño restaurante hindú, una placa señalaba un lugar que aparecía en una novela de Dickens como si los personajes hubieran ocupado el mismo espacio-tiempo en el que Bech paseaba. De vuelta en el vestíbulo de su hotel, se sintió ofendido por las voces americanas, la decoración pseudo-eduardiana, la carta ilustrada de las tarjetas de crédito que aceptaba el establecimiento. Una típica decisión instantánea de Goldschmidt, que había acabado con él metido en una trampa para turistas. Un joven pálido, reconociblemente norteamericano por su corte de pelo redondeado y su modo abatido y astuto de moverse, se acercó a Bech.

—Me llamo Tuttle, señor Bech. Me temo que voy a entrevistarle.

—Tu temor es comparable al mío —dijo Bech.

El chico inclinó un poco la cabeza, como el plato de un radar, como si quisiera descifrar el punto de mordacidad en el tono de Bech, y dijo:

—Habitualmente no hago este tipo de trabajos, es más, tengo una opinión tan mala sobre las entrevistas como usted...

—¿Y cómo sabes cuál es mi opinión? —El jet-lag hacía mella en Bech; la irritabilidad le zumbaba en los oídos.

—Usted la ha contado... —el chico sonrió con astucia, casi con malicia— en sus otras entrevistas. —Y prosiguió precipitadamente, intentando aprovechar la ventaja—: Pero ésta no será como las otras. Será toda suya; yo no tengo ningún interés personal, ni impersonal tampoco. Un amigo de la plantilla del dominical *Observer* me pidió que me encargara, sólo eso; la verdad es que estoy en Londres investigando para una tesis sobre impresores del siglo XVIII. Será una especie de desplegable que saldrá a la par que *The Best of Bech*. Permítame que le confiese que me pareció una oportunidad única. En el pasado, en Estados Unidos, le escribí cartas, pero supongo que se habrá olvidado.

—¿Contesté alguna?

—Las estampó con un sello de goma y me las devolvió. —Tuttle esperó, tal vez una disculpa, y luego prosiguió—: Lo que había pensado es que se trata de una oportunidad para que se explique, para que diga cuanto quiera decir. Cuanto *usted* quiera decir. Su nombre es muy conocido aquí, señor Bech, pero a usted no lo conocen.

—Bueno, bien mirado, es una suerte para ellos.

—Discúlpeme, señor, yo lo considero una pérdida.

Bech sintió cómo se ablandaba poco a poco, sin poder evitarlo.

—Sentémonos aquí —dijo. Subir al chico a su habitación podría parecer, pensó un tanto aturdido, pederastia y hacerle correr el peligro de un destino como el de Wilde.

Se sentaron en unas sillas del vestíbulo, uno enfrente del otro; Tuttle se acomodó en el borde como si lo hubieran llamado al despacho del director.

—He leído cinco o seis veces cada palabra que ha escrito. Sinceramente, usted es el no va más. —Cosa que a Bech le pareció el elogio más seguro que había recibido jamás, dado su apetito, que no había disminuido con los años, de superlativos inequívocos y descarnados.

Alargó la mano y agarró al chico.

—Pues ahora es tu turno para apostar —dijo.

Tuttle se ruborizó.

—Lo que quiero decir es que lo que otra gente dice que hace, usted lo hace de verdad. —Un eco inquietó a Bech: había escuchado eso mismo antes, pero no aplicado a él. Aun así, el zumbido había cesado. El rubor expresaba algún conflicto interior, y Bech sólo era capaz de mantener sus defensas ante un ataque resuelto y directo. Tendía a confundir cualquier señal de incomodidad o dudas con una rendición.

—Tomemos algo —dijo.

—Gracias, pero no.

—¿Es que no bebes cuando estás de servicio?

—No, es que no bebo.

—¿Nunca?

165

—No.

Bech pensó: me han mandado a un cristiano renacido. Eso fue lo que de repente le recordó la palidez de Tuttle, su resbaladiza severidad, su insistencia avergonzada: un fanático pentecostalista que llama a la puerta.

—Bueno, déjame que te confiese algo: yo a veces sí. Sí que bebo, me refiero.

—Oh, ya lo sé. Su afición a la bebida es famosa.

—Como el vegetarianismo de Hitler.

En su deseo de que Bech se sintiera cómodo, Tuttle se olvidó de reír el chiste.

—Por favor, pídase lo que quiera —insistió el chico—, si pierde la coherencia, dejaré de tomar notas y podemos seguir otro día.

Pobre Henry Bech, para quien la inocencia, envuelta en sus chanclos de grosería y su impermeable húmedo de presunción, siempre le parecía un posible ángel al que había que refugiar y alimentar. Pidió una copa («¿Sabe lo que es un whisky *sour?*», le preguntó al camarero, que le respondió: «Por supuesto, señor», y le sirvió un whisky con soda) e intentó, degradándose por un rato una vez más, excavar en la basura de su «carrera» sólo para acabar encontrando el perdido reloj de pulsera de la verdad. Animado por la manera obsesiva con la que el chico llenaba página tras página de su cuaderno de notas con líneas que oscilaban sin control, Bech habló de su ficción como un equivalente de la realidad, y describió cómo lo que importaba, la justificación, parecía radicar en esos momentos en que una serie de imágenes sucesivas encajaban y entonces llegaba una imagen más y, por así decirlo, sobre-encajaba, creando una ajustada tensión equivalente, tal vez, a la apretada urdimbre de la realidad, como, por ejemplo, la chispeante escalera de cambios químicos en la célula del cuerpo que transforma el miedo en acción o, pongamos, la implosión de matemáticas que reproduce la consunción del núcleo de una estrella. Pero lo más mortificante es darse cuenta de que nadie, ni críticos ni lectores, se percata jamás de esos momentos, sino que todos se limitan a cotorrear, elogiosa o críticamente, sobre los fragmentos de sí mismos que han atisbado en la obra como en un espejo resquebrajado. Que es necesario empezar convencido de que existe un lector ideal y que, poco a poco, uno descubre que no existe. No se trata del crítico que a diario hojea un texto encuadernado en plástico de galeradas arrugadas, ni tampoco es el ama de casa amante de los libros voluminosos que compra una resplandeciente novela nueva entre la tienda de ultramarinos y la peluquería; ni el aplicado estudiante universitario con su montón de fichas y solicitudes fotocopiadas; ni el joven de letra tosca que envía una nota plagada de halagos y garabateada con bolígrafo a través del *Who's Who;* ni siquiera, en el extremo más cansino, uno mismo. En resumen, uno se desalienta al descubrir que no lo leen. Que la capacidad de leer y, por tanto, de escribir, se está perdiendo, a la par que otras habilidades: la de escuchar, la de ver, la de oler, la de respirar. Que todas las puertas del espíritu se están cerrando con clavos. En ese instante, Bech tomó aliento para subrayar de forma dramática sus palabras. Luego añadió que a él lo mantenía en pie, hasta donde podía decirse tal cosa, el recuerdo de la risa, la risa específicamente judía, trabajada, religiosa, hasta cierto punto desesperada, pero que no llegaba a carcajada, de su padre y los hermanos de su padre, sus queridos tíos de Brooklyn; que los judíos americanos habían guardado el secreto de esa risa una generación más que los gentiles, de ahí su dominio actual del mundo literario; que, a no ser que los negros aprendieran a escribir, ya no podría surgir en ninguna parte; y que en el mundo actual ya sólo los rusos la tenían, y es posible que también los peruanos, y Mao Zedong, pero sólo él, ningún chino más. Eso, en la reflexiva opinión del que suscribía, Bech.

Tuttle acabó de garabatear otra página y alzó la vista con esperanza.

—El maoísmo parece ser la próxima moda —dijo.

—Yo ya estoy que-mao de todas las modas —dijo Bech levantándose—. Créelo o no, chico, pero tengo que darme una ducha e ir a una fiesta. El poder corrompe.

—¿Cuándo podríamos seguir? Creo que hemos empezado de una manera fascinante.

—¿Empezado? ¿Es que quieres más? ¿Sólo para un articulito en el *Observer?*

Cuando Tuttle se levantó, aunque delgado, de cabeza redondeada como el pomo de una columna de escalera, era más alto que Bech. Se puso serio.

—Quiero que sea mucho más que eso, señor Bech. Mucho más que un articulito. Me han prometido tanto espacio como necesitemos. Aquí tiene una oportunidad, si sabe aprovecharse de mí, para realizar un te-testamento de-definitivo.

Si el chico no hubiera tartamudeado, Bech se habría escapado. Pero el tartamudeo, aquellos pequeños huecos de silencio impotente, le engancharon. Se detuvo y preguntó:

—¿De verdad no bebes nunca?

—Pues no.

—¿Fumas?

—No.

—¿Por principios?

—Nunca le cogí el gusto.

—¿Picas entre comidas?

—Supongo que de vez en cuando.

—Llámame mañana —cedió Bech, y se odió a sí mismo. Resultaba raro lo sucio que le hacía sentirse el intento de hablar en serio. Una sensación comparable a cuando veía a alguien agarrar un libro abierto, forzarlo del todo y romperle el lomo con delectación, irreparablemente.

El esmoquin de Bech había adquirido con el paso de los años un lustre ceroso y se había encogido; durante toda la fiesta de Goldy, su cintura sufrió un cruel constreñimiento. El taxi, tan espacioso que Bech se sentía como un lastre, fue dejando atrás una sucesión de calles cada vez más pequeñas y se detuvo en un callejón sin salida al final de un recodo, donde, con la mística amenaza de un árbol de Navidad, centelleaba un pórtico. La aldaba de la puerta era un martillo de orfebre que llevaba grabada una florida «J» doble. Un sirviente que vestía librea azul le franqueó el paso a Bech. Goldy se abalanzó sobre él con una chaqueta de terciopelo rojo y volantes flexibles. Otro sirviente ofreció a Bech un escocés caliente. Goldy, moviendo los ojos como un jugador de hockey, condujo a Bech por delante de un imponente espejo de cuerpo entero hasta una sala donde hermosas mujeres con vestidos de colores crema, azafrán y magenta vagaban a la deriva, como ondulándose a cámara lenta. Hombres vestidos de negro permanecían como balizas señalando un canal en ese mar.

—Aquí hay una persona encantadora que tienes que conocer —le dijo Goldy a Bech. Y a ella—: Henry Bech. Es muy tímido. No lo espantes, querida.

Ella era una aparición: hombros anchos y empolvados, una larga y desacomplejada barbilla con una partición apenas visible, labios fantasmagóricos en su mullida perfección, ojos grises cuya luz inundaba unas cuencas de pestañas postizas y sombras de maquillaje. Bech le preguntó:

—¿A qué te dedicas?

Ella se estremeció; las comisuras de sus labios temblaron con ironía, y él se dio cuenta de que su pregunta había sido una total estupidez, que el mero hecho de levantarse cada mañana y llenar su piel hasta rebosar con tal encanto era dedicación más que suficiente para ocupar a cualquier mujer.

Pero ella dijo:

—Bueno, tengo un marido, y cinco hijos, y acabo de publicar un libro.

—¿Una novela? —Bech se fijó entonces: chaquetilla azul de color de huevo de petirrojo, adulterio desprejuiciado los fines de semana en el campo, alivio gracias a la diversión proporcionada por los hijos precoces.

—No, a decir verdad, no. Es sobre la historia de los movimientos obreros en Inglaterra antes de 1860.

—¿Tantos había?

—Bastantes. Era muy difícil para ellos.

—Un verdadero detalle por tu parte —dijo Bech—, el preocuparte; quiero decir, cuando tu aspecto es tan —rechazó la palabra «pijo»—, tan poco obrero.

Una vez más el rostro de la mujer experimentó no tanto un cambio de expresión, que seguía inamoviblemente agradable y atenta, cuanto un temblor sísmico, como si su serenidad contuviera dentro el calor volcánico.

—¿De qué van tus novelas? —preguntó ella.

—Oh, de gente normal y corriente.

—En ese caso, menudo detallazo por tu parte, siendo como eres tan extraordinario.

Un hombre aburrido de hacer de baliza de canal se acercó y le tocó el codo a la mujer, que se dio la vuelta majestuosamente dejando a Bech sus emanaciones, como un astrónomo inundado de ondas de radio llegadas de un lugar vacío del firmamento. Él intentó entender sus lisonjas mirándose, cuando fue a buscar otra copa, en un espejo. La nariz le había crecido con la edad y los rebordes se habían enrojecido visiblemente; su adopción del estilo de corte de pelo de los jóvenes había sacado mechones lanudos de color gris por encima de las orejas y una masa sebosa de rizos blancos que le sobresalía en la nuca: parecía un congresista de Queens sobornado por la mafia que esperase que lo tomasen por un senador del Sur. Su rostro había empalidecido por el cansancio, aunque sus ojos conservaban una viveza frenética. En el espejo vio, mirándole, a una esbelta joven africana con un pijama transparente. Bech se dio la vuelta y le preguntó:

—¿Qué podemos hacer con Biafra?

—*Je le regrette, Monsieur* —dijo ella—, *mais maintenant je ne pense jamais. Je vis, simplement.*

—*Parce que* —replicó Bech— *le monde est trop effrayant?*

Ella se encogió de hombros.

—*Peut-être.* —Al encogerse de hombros, sus perfilados pechos se estremecieron por el peso, y eso retrotrajo a Bech a sus ávidas lecturas juveniles del *National Geographic.* Dijo:

—*Je pense, comme vous, que le monde est difficile à compendre, mais certainement, en tout cas, vous êtes très sage, très belle.* —Pero su francés no era lo bastante bueno para retener la atención de la chica, que se dio la vuelta, y Bech vio que llevaba puestas unas braguitas de bikini, con franjas de tigre, bajo la gasa azafrán de los pantalones. Los sirvientes vestidos de azul tocaron las campanillas para la cena. Él se tragó la copa y eludió la mirada de soslayo del congresista de Queens.

A su derecha se sentó una dama de mediana edad y patente importancia, aunque su belleza difícilmente habría superado la de un concentrado de agudeza y chispa.

—Ustedes, los judíos americanos —dijo ella—, son muy románticos. Se creen que todas las muñequitas son Dalila. Me repatea el «compadézcanme» de todos sus libros. Las mujeres no quieren que se les quejen. Lo que quieren todas es que las jodan.

—Tendré que probarlo —dijo Bech.

—Hágalo, hágalo. —Ella se volvió hacia un galán de dientes largos que esperaba sonriendo sentado a su derecha; el hombre exclamó: «¡Querida!», y sus cabezas se juntaron como naranjas en una bolsa. A la izquierda de Bech se sentaba una figura magenta a la que, en un primer vistazo, había preferido no prestar atención. Brillaba y era joven. Bech no se fiaba de nadie de menos de treinta; los jóvenes actuales se movían con la sagrada y peligrosa confianza de los mayores cuando él era joven. Ella jugueteaba con la sopa como una niña. Su mano era pequeña como la de una criatura, con las uñas muy recortadas y unas encantadoras sombras alrededor de los nudillos. Le dio la impresión de que había visto antes esa mano. En una novela. ¿En *Lolita?*, ¿en *La montaña mágica?* La mera educación le hizo preguntarle cómo estaba.

—Podrida, gracias.

—Pues imagínate yo —replicó Bech—, según la hora a la que me levanté, ahora son las cuatro de la madrugada. —Odio dormir. A veces me paso días sin dormir y me siento magníficamente. Creo que la gente duerme demasiado, por eso se les endurecen las arterias. —De hecho, como descubriría Bech, ella dormía como los niños, con largos y fáciles movimientos oscilantes que recogen las horas de más en su arco e ignoran todos los ruidos, aunque tenía la tendencia de todas las mujeres a agitarse al amanecer. Ella añadió, como si quisiera parecer educada—: ¿Tienes las arterias endurecidas?

—No que yo sepa. Sólo padezco gota e impotencia.

—Eso parece muy común.

—Perdóname. Acaban de decirme que a las mujeres no les gusta que les vayan con quejas.

—Ya oí cómo lo decía la vieja furcia. No la creas. A ellas les encanta. ¿Por qué eres impotente?

—¿La vejez? —Una voz en su interior dijo: «¿La vejez?, dijo tímidamente».

—¡Venga ya! —A él le gustaba la voz de la chica, una de esas voces británicas que nacen a mitad de la garganta, más que surgir oblicuamente del seno, con alarmantes saltos de octava. Llevaba unas gafas de abuela doradas por encima de su carita con forma de corazón. Él no sabría decir si sus mejillas estaban ruborizadas o llevaban colorete. Le complació comprobar que, aunque era pequeña, sus pechos resaltaban rellenos bajo su vestido, que estaba adornado con pequeños cristales. Sus labios, calcáreos y mullidos, de comisuras inteligentes y trémulas, parecían copias sacadas de los de la primera mujer que él había conocido, como si la una hubiera sido un boceto preliminar de la otra. Se fijó que tenía un bigotillo, débil como dos rayas de lápiz borradas. Ella le preguntó—: ¿Escribes?

—Antes sí.

—¿Qué pasó?

Un vacío en el diálogo. Rellenar más tarde.

—No creo que lo sepa.

—Yo antes era una esposa. Mi marido era un americano. Bien pensado, todavía lo es.

»¿Dónde vives? —La chica y Bech bajaron simultáneamente la mirada y se apresuraron a acabar la comida de sus platos.

—En Nueva York.

—¿Te gusta?

—Me encanta.

—¿No te parece un poco sucia?

—Espléndidamente. —Ella masticó. Él se imaginó unos afilados dientecillos que laceraban y aplastaban la ternera sangrienta. Bech dejó el tenedor en la mesa. Ella tragó y preguntó:

—¿Y te encanta Londres también?

—No lo conozco.

—¿Ah, no?

—Sólo me ha dado tiempo de ver los narcisos.

—Yo te lo enseñaré.

—¿Cómo? ¿Cómo puedo volver a verte? —¿Novela victoriana? Reescribir.

—¿Estás solo en Londres?

Un crujiente trozo de pudding de Yorkshire parecía demasiado apetitoso para dejarlo. Bech recogió el cuchillo mientras asentía.

—Umm. Estoy solo en todas partes.

—¿Quieres venir a mi casa?

La dama sentada a la derecha de Bech se dio la vuelta y dijo:

—He de decir que es un canalla al permitir que este viejo marica me monopolice.

—No se queje. Los hombres lo odian.

Ella replicó:

—Tiene un pelo estupendo. Parece Santa Claus.

—Dígame, querida, ¿quién es ésta, cómo las llaman ustedes...?, ¿esta jovencita que tengo a la izquierda?

—Es la señorita Veneno. Su padre se compró un título nobiliario de Macmillan.

La chica detrás de Bech le hizo cosquillas en la pelusilla de la nuca con su aliento y dijo:

—Retiro mi invitación.

—Tomemos todos un poco más de vino —dijo Bech en voz alta y lo sirvió. El hombre de dientes largos tapó su copa con la mano. Bech esperó que hiciera un truco de magia, pero se vio decepcionado.

Y en la puerta, cuando Bech intentaba escabullirse con la chica, pasando sin mirar al voraz espejo de cuerpo entero, el que parecía decepcionado era Goldy.

—Pero ¿has conocido ya a todo el mundo? Ésta es la gente más simpática de todo Londres.

Bech abrazó a su editor. El viejo y ceroso esmoquin saluda al terciopelo y los volantes. Aprende cómo vive la otra mitad.

—Goldy —dijo—, la fiesta era preciosa, simpática, simpatiquísima. No podría haberlo sido más. Guau, lo nunca visto. —Creyó que el murmurar como un borracho sería su llave para salir de allí. Si no, ese extorsionador envuelto en terciopelo le ordeñaría durante una hora más subido en el pedestal. Ay.

Goldy desplegó su gracia racial en la derrota. Sus ojos límpidos, tan afanosos como si estuviera jugando una partida de ajedrez rápido, pasaron por encima del hombro de Bech para fijarse en la chica.

—Merissa, cariño, cuida con esmero de nuestro famoso. Mi suerte depende de su encanto. —Así se enteró Bech del nombre de pila de la chica.

El taxi, con los dos, parecía menos un casco hueco de barco que un pequeño salón donde no hacía falta levantar la voz. No se tocaban, tal vez extrañamente. *¿Tal vez extrañamente?* Había perdido toda su habilidad para construir frases. Estaba en la cara oculta de la tierra, en un taxi con una criatura cuyo vestido tenía docenas de pequeños espejos. Las piernas de la chica eran blancas como cuchillos y se cruzaban una y otra vez. Un signo de puntuación triangular donde acababan los muslos. El taxi avanzó por calles vacías, por delante de puertas de hierro forjado recortadas contra el cielo y museos de granito que fruncían el ceño bajo el peso de sus entablamentos, por el brillante y ruidoso barranco de Hyde Park Corner y Park Lane, hasta llegar a calles más oscuras y silenciosas. Dejaron atrás un edificio con contraventanas que Merissa identificó como la embajada de la China comunista. Entraron en una región donde las densas y descuidadas copas de los árboles parecían soñar con soportales interminablemente largos y con altas fachadas de un blanco de pastel de bodas que se perdían en el infinito. El taxi se detuvo. Merissa pagó. Ella le hizo pasar por una puerta cuyo pomo, aldaba y ranura para el correo estaban pulidos con limpiametales. Escaleras de mármol. Otra puerta. Otra llave. Los olores a cera de suelo, a aire viciado de cigarrillos, de narcisos en un cuenco con guijarros. Un brandy, con su olor caro y quemado, colocado bajo su nariz. Bebió obedientemente. Lo llevaron a un dormitorio. Perfume y maquillaje, cuero y un aroma a hule que le retrotrajo a los libros infantiles ingleses que su madre, empeñada en su «mejora», compraba en la Scribner's de la Quinta Avenida. Se abrió una ventana. Olores de un abril fresco. «El invierno nos mantuvo calientes.»* Ella apartó las cortinas. Un trozo de noche color pizarra amarilleaba sobre los árboles. Las luces de un avión parpadeaban en su descenso. Sonidos susurrantes a su alrededor. El gusto a caramelo del lápiz de labios. Aire limpio, piel cálida. «Alimentando un poco de vida con tubérculos secos.» Su espalda desnuda: una superficie lunar bajo las manos de Bech. La impresión olvidada de la intrusión, de un ataque monstruoso y sutil, que nos producen los detalles particulares de un cuerpo de mujer nuevo. «El verano nos sorprendió.» Tengo que enterarme de su apellido. Repican tañidos de liberación donde menos se esperan, descubrió Bech en la dicha —la punzada de alivio en su cintura— de quitarse el esmoquin. Tengo que ir al sastre.

—Mientras escribía *The Chosen* —preguntó Tuttle—, ¿se propuso crear deliberadamente un estilo más florido?
—Esta vez se había traído una grabadora. Estaban en las habitaciones de Bech, en el hotel, una amplia suite de la esquina del edificio, con una chimenea de imitación y una

---

* Ésta y las siguientes frases en cursiva de este párrafo son versos de la primera parte, «El entierro de los muertos», de «La tierra baldía» (1922) de T.S. Eliot, que empieza «Abril es el mes más cruel...». *(N. del T.)*

cama en la que no se había dormido. La chimenea no era falsa del todo, tenía una escultura de plástico arrugado que simulaba un fuego de carbón, resplandecía cuando se enchufaba e incluso emitía algo que parecía calor.

—Nunca me planteo el estilo, ni menos aún crearlo —dictó Bech al minimicrófono de la grabadora—. Mi estilo es siempre tan sencillo como lo permite el tema. Pero a medida que uno envejece se da cuenta de que hay pocas cosas sencillas.

—¿Por ejemplo?

—Por ejemplo, cambiar una rueda. Lo siento, tu pregunta me parece una necedad. Esta entrevista entera lo parece.

—Permítame otro enfoque —dijo Tuttle, tan exasperantemente paciente como un psiquiatra infantil—, en *Brother Pig*, ¿era consciente de que introducía resonancias políticas?

Bech parpadeó.

—Lo siento, cuando dices «resonancias» lo único que me viene a la cabeza son uvas pasas. *Brother Pig* trataba de lo que sus palabras decían que trataba. No era una máscara para otra cosa. No escribo en código. Confío en que mi lector tenga cierto conocimiento de la lengua inglesa y cierto vocabulario adquirido sobre la experiencia humana. Mis libros, espero, serían ininteligibles para los babuinos o los calamares. Mis libros tratan de relaciones humanas, de coqueteos, de discusiones.

—Está cansado —le dijo Tuttle.

Tenía razón. Merissa lo había llevado a un restaurante de unos mariquitas en Fulham Road y luego al Revolution, donde grandes pósteres de Ho, Mao, Engels y Lenin observaban desde las paredes a jóvenes vestidos con lentejuelas y pantalones de pata de elefante correr arriba y abajo dentro de un denso, palpitante y fulgente caos ruidoso y almibarado. Bech sabía que allí estaba pasando algo, un movimiento de elevación espiritual como el del cristianismo entre los esclavos de Roma o el cabalismo entre los campesinos judíos de la anquilosada Europa eslava, pero desde su propia perspectiva, anticuada y particularizadora, no podía evitar descomponer la multitud en sus componentes: chicas trabajadoras resignadas a estar mareadas a la mañana siguiente delante de sus máquinas de escribir; chicos asexuados que se dedicaban a la moda o a la fotografía y para quienes acudir allí formaba parte de su trabajo; los verdaderamente ociosos, los ricos y los negros, huyendo de la mirada fija de cuencas de ojos vacías de las horas espectrales; los supuestos jóvenes como él mismo, viejos yanquis lascivos de pelo lanudo, cuyo encanto involuntario y su éxito en el pasado habían impedido que aprendieran a resguardarse de la lluvia; enigmáticas jovencitas con aire de fulanas como Merissa, en cuyo piso, según había descubierto, tenía una habitación llena de juguetes eléctricos y osos de peluche, con una cama donde dormía un niño, su hijo, le confesó, de ocho años, nacido en América, cuando Merissa tenía diecinueve años, un niño enviado al internado y al que incluso en vacaciones, sospechó Bech, llevaba al zoo y al parque Isabella, la sirvienta española de Merissa, una mujer mayor y gruesa que miraba a hurtadillas a Bech a través de la puerta y al instante, rápida y silenciosamente, cerraba..., aquello le confundía. El Revolution era la caverna de una nueva religión, pero todo el mundo había venido, Bech lo entendió, por motivos decepcionantemente razonables y oportunistas. Para montárselo con alguien. Para que los

179

vieran. Para garantizarse un ascenso. Para que los hicieran mejores. Aquella chica que sólo llevaba puesta una túnica de malla estaba desprendiéndose de su acento de Yorkshire. Aquel hombre que agitaba el brazo como un derviche bajo el bombardeo azul de las luces estroboscópicas estaba dándole vueltas para sus adentros a un negocio inmobiliario. Bech dudaba que los hombres apoyados en las paredes aprobaran lo que veían. No eran más que unos bibliotecarios fracasados, como él mismo, instruidos en las verdades prefreudianas. El hambre y el dolor son malos. El trabajo es bueno. Los hombres han nacido para la vida diurna. Los orgasmos son asuntos privados. *Down in Loo-siana / Where the alligators swim so mean...* Frente a él, Merissa, que de repente parecía más alta, aunque había sido su pequeñez lo que le había hechizado, centelleaba a través de los agujeros de su vestido, agitaba las extremidades y le ofrecía un perfil estremecedor, con los ojos cerrados como si así sintiera mejor el latido entre sus piernas, ese latido elusivo y palpitante: *Lo que estamos presenciando,* declaró Bech en su cabeza, en su papel de conferenciante universitario, *es el triunfo de lo clitoriano tras tres mil años de hegemonía fálica.* Ella se le acercó entre el alboroto intermitente:

—Está todo como muy visto, ¿no?

Y entonces él sintió que su corazón hacía el movimiento que había estado esperando, el de amor hacia ella; como las fauces de una almeja cuando le cortan el músculo, su corazón se abrió. Él sintió el regusto del trago edulcorado de la imposibilidad. Porque era mejor amando de lo que lo había sido jamás.

—Dios, eres un encanto —dijo—. Vamos a casa.

Ella le acusó:

—Tú no amas Londres, sólo a mí.

Sus conversaciones con Merissa tendían a la brevedad. Por ejemplo:

MERISSA: Estoy harta de ser blanca.

BECH: Pues eres una blanca espléndida.

O:

BECH: Nunca he comprendido lo que es el sexo para una mujer.

MERISSA *(pensándoselo mucho):* Es como..., como la niebla.

La mañana siguiente el teléfono sonó a las nueve. Era Tuttle. Goldschmidt le había dado el número de Merissa. Bech estuvo a punto de quejarse, pero dado que el chico no bebía, no tendría ni idea de cómo tenía él la cabeza en ese momento. Con la vaga intención de aplacar esas fuerzas de la luz diurna y la ira justiciera que había sido objeto de burla en las paredes del Revolution la noche anterior, aceptó reunirse con Tuttle en el hotel a las diez. Quizás ese arranque de abnegación le hizo algún bien, pues de camino al West End en el tambaleante e inestable piso de arriba de un autobús 74, con el estómago revuelto por el movimiento, tras haber desayunado una tostada sin mantequilla y té recalentado (Merissa había contemplado su partida suspirando y poniéndose boca abajo; en su nevera no había nada más que yogur y champán), mientras miraba desde arriba a los compradores de Baker Street —saris relucientes, paraguas con lunares—, a Bech le visitó la inspiración. Se le ocurrió de repente el título de su nueva novela: *Think Big* [«Piensa a lo grande»]. Mantenía el equilibrio con el de su primera obra, *Travel Light*. Se sostenía en las vigas de sus consonantes, reforzadas por esas dos austeras íes, la promesa de

América, el patetismo, la necedad, la grandiosidad. Del mismo modo que *Travel Light* había sido sobre un joven, *Think Big* sería sobre una joven, trataría de la franqueza y la confusión, del fulgor y la pérdida de la función reproductiva. Merissa podría ser la heroína. Pero era británica. Convertirla en americana supondría toparse con resistencias en mil detalles, como por ejemplo cuando se desvestía y se la veía tan blanca como una Artemisa de mármol, mientras que cualquier chica americana de esa edad conserva durante todo el invierno el espectro cómico del bikini del verano anterior, que destaca sus zonas erógenas como un diagrama. Y la hechizante pequeñez de Merissa, el modo en que su perfección parecía plasmarse a una escala de elfo, de manera que Bech podía estudiar a la luz de la lámpara los huesos de un tobillo y un pie como estudiaría una miniatura de marfil, una pequeñez que se violaba excitantemente cuando ella zambullía la boca en las dimensiones de lo normal..., eso también era poco americano. La típica chica de Bennington calzaba unas deportivas del 41 y llevaba su sexo en una mochila que sólo abría por la noche. La dirección de su evolución apuntaba hacia una curtida *girl/boyscout,* no a la feminidad perfumada, levemente traicionera que Merissa exudaba por cada uno de sus encantadores poros. Aun así, pensó Bech, mientras el autobús se introducía en Oxford Street y los compradores bailaban en psicodélico escorzo, ella no resultaba convincente del todo (por ejemplo, ¿qué hacía para poder permitirse aquel piso caro, y a Isabella, y conseguir una invitación a una fiesta de Goldy, y los armarios llenos de ropa de moda, por no mencionar los pantalones de montar y los zapatos de golf con costra de barro?), y Bech estaba seguro de que podría rellenar los huecos que le faltaban con fragmentos de mujeres americanas, es más, podría recrearla casi a partir de nada, con menos de una costilla, sólo le hacía falta el germen vivo de su propio encaprichamiento, de su amor. De hecho, pequeños detalles de aquí y de allá, mantenidos vivos por alguna avería en su mecanismo de olvido, ya habían empezado a volar juntos, a encajar. Un salón de baile en un primer piso al que había subido una vez, al lado de un Broadway oscurecido por la guerra. Un rabioso pero hábil barbero trotskista del que era cliente su padre. La forma en que buscan el sol las calles secundarias de Nueva York, y la forma en que mujeres de espinillas marcadas y con gafas de sol pasaban apresuradamente en la Quinta Avenida por delante de los lánguidos maniquíes con ropas doradas, los joyeros de terciopelo negro enganchados a alarmas antirrobo y los escaparates que clamaban al verse tan ignorados. Pero ¿cuál sería la acción del libro (era un libro grueso, ya lo veía, con una cubierta azul de papel de estuco y su foto con expresión grave a toda página por detrás, ocupando hasta el margen de arriba abajo), su conflicto, su tema, su desenlace? La respuesta, como el título, le llegó de tan adentro que le pareció un mensaje del más allá: el suicidio. Su heroína tenía que matarse. Piensa a lo grande. El corazón se le estremeció por la excitación ante la enormidad de su crimen.

—Está cansado —dijo Tuttle, y añadió—: He entendido la discusión que ha suscitado su obra, que el tipo de lealtad étnica que usted muestra, la lealtad a un pasado estrecho e individualista, es divisivo y anima a la guerra, y así se comprende su resistencia a apoyar el movimiento por la paz y la revolución social, ¿cómo va a rebatir esa opinión?

—¿Y dónde has dicho que se ha suscitado esa discusión?

—En alguna crítica.

—¿*Qué* crítica? ¿Seguro que no te lo acabas de inventar? He leído algunas estupideces sobre mí, pero nunca nada tan insípido y doctrinario.

—Lo que intento, señor Bech, es sonsacarle lo que de verdad opina. Si éste le parece un punto estéril, pasemos al siguiente. Tal vez debería detener la grabadora mientras se lo piensa, estamos desperdiciando cinta.

—Por no mencionar mi fuerza vital. —Pero aun así, Bech, medio aturdido, intentó satisfacer al chico; describió sus melancólicos sentimientos en el local de gogós la noche anterior, su intuición de que el enaltecimiento de uno mismo y la enérgica iniciativa emprendedora eran lo que hacían funcionar el mundo y que los eslóganes y los movimientos en el sentido contrario no eran más que sueños perversos, perversos en tanto distraían a la gente de las realidades particulares y concretas, de donde se derivan toda la bondad y la eficacia. Él era aristotélico, no platónico. Que lo calificara, si es que tenía que calificarlo de algo, de descreído; ya no creía en el Papa, ni en el Kremlin, ni en el Vietcong, ni en el águila americana, ni en la astrología, ni en Arthur Schlesinger, ni en Eldridge Cleaver, ni en el senador Eastland, ni en Eastman Kodak. Y tampoco se creía demasiado su incredulidad. Pensaba que la inteligencia era una función del individuo y que los grupos eran inteligentes en proporción inversa a su tamaño. Las naciones poseían el cerebro de una ameba, mientras que un comité reducido se aproximaba al nivel de un imbécil al que era posible instruir. Él creía, si es que a la grabadora le interesaba saberlo, en la bondad de lo que existe frente a la nada, en la dignidad de lo inanimado, en la complejidad de lo animado, en la belleza de la mujer corriente y en el sentido común del hombre corriente. La cinta saltó de la bobina y empezó a aletear.

—Es un material de primera, señor Bech —dijo Tuttle—. Una sesión más y habremos acabado.

—Ni hablar, nunca, nunca, nunca jamás —dijo Bech.

Algo en la expresión de su rostro echó a Tuttle por la puerta. Bech se quedó dormido en la cama, con la ropa puesta. Se despertó y descubrió que *Think Big* había muerto. Se había convertido en el fantasma de un libro, un espacio vacío al lado de los cuatro lomos desvaídos a los que había dado vida. *Think Big* no tenía contenido sino sólo asombro, lo que no era más que una versión del vacío. Revisó su vida, tantísimos sueños y despertares, tantísimos rostros encontrados, semáforos obedecidos y calles cruzadas, y no encontró nada sólido; había consumido apresuradamente su vida como se consume una comida mal masticada, que deja el malestar de una indigestión. Al principio, la llama nueva de su espíritu había ardido iluminando todo con claridad: la ciudad gris entera, piedras, hollín y pórticos. Los kilómetros de asfalto agrietado no le habían parecido demasiados. Se había acostado con el sonido de sirenas y despertado con los gritos de los carreteros que vendían fruta. A su alrededor se había formado un círculo protector de cuerpos cálidos, altos y viejos cuyo ronroneo parecía sabiduría, cuyos canturreos y risas parecían cribados por el Dios que presidía en las alturas las luces del vertedero de la ciudad humeante. Había habido aulas que olían a migas de goma de borrar, tardes de paseo cuando las luces de Nueva Jersey parecían sartas de piedras preciosas, amigos de los que aprender lealtad y estoicismo, y la primera calada mareante a un cigarrillo, y la primera chica que dejó que sus manos se demoraran, y los primeros goces de la imaginación, la invención y la consumación.

Entonces había irrumpido la irrealidad. Fue culpa suya; había querido que se fijaran en él, que lo halagaran. Había querido ser alguien en el mundo, un «escritor». Como castigo, ellos habían confeccionado con las ramas y el barro de sus palabras un muñeco grande y tosco que sólo servía para dudar y atormentar, lo que no habría importado mucho de no ser porque él estaba atrapado dentro del muñeco, compartía nombre y cuenta bancaria con él. Y la vida que acariciaba y rozaba a otras personas, que las tocaba como una brisa salvífica, ya no podía abrirse paso a través de la corteza del muñeco y llegar a él. Estaba, pese a toda su valerosa conversación con Tuttle sobre la inteligencia individual y la estupidez de los grupos, demasiado solo.

Llamó a Goldschmidt, Ltd. y le dijeron que Goldy había salido a comer. Llamó a Merissa, pero su número no daba señal. Bajó e intentó hablar del tiempo con el conserje.

—Bueno, señor, el tiempo es el tiempo, eso me parece a mí por lo general. Algunos días hace bueno, y otros no tanto. El cielo que va a encontrarse hoy es más o menos el que solemos tener por esta época del año. Todo se igualará cuando estemos en la tumba, ¿no es cierto, señor?

A Bech nunca le había gustado que le siguieran la corriente, y la escena del sepulturero nunca había sido una de sus preferidas. Salió a caminar bajo el cielo homogéneo y mortecino, sin nada reseñable salvo algunas volutas de nimbos que prometían una lluvia que nunca llegaba. ¿Dónde estaban las famosas nubes inglesas, las de Constable y Shelley? Intentó trasplantar los narcisos a Riverside Park, pero no pudo imaginarse allí, entre aquellos matorrales llenos de basura ahuecados por holgazanes adolescentes exangües a causa de la heroína, a estos bulbos británicos dispuestos en su lecho de marga por antiguos hombres encorvados, los bisnietos del feudalismo, que barrían los senderos por los que pasaba Bech con escobas, sí, y éste era un detalle esperanzador, escobas confeccionadas con ramitas honestamente atadas con bramante. Empezó a llover.

Bech se convirtió en un dócil turista y sumiso entrevistado. Bromeó en la emisora cultural de la BBC con un joven galés de voz madura. Leyó fragmentos de sus obras a jóvenes barbudos en la London School of Economics, entre huelga y huelga. Se sometió a un cóctel en la embajada de Estados Unidos. Participó en una discusión televisiva sobre el «Desmoronamiento del Sueño Americano» con un crispado historiador homosexual, cuyo bisoñé no dejaba de escurrirse; un hombre pequeño con forma de taza que hacía treinta años había inventado una versión pedante de las quintillas humorísticas clásicas; un ridículamente maleducado joven radical de labios hinchados y un tartamudeo incontrolable; y, moderando la charla, una chica alta de la BBC cuyos alargados muslos hacían que Bech se interrumpiera una y otra vez a mitad de las frases: tenía los ojos saltones y un estilo brusco de resumir, como si todo el tiempo hubiera estado escuchando voces angelicales que sólo ella oía. Bech dejó que Merissa lo llevara, en su Fiat beige, a Stonehenge y Canterbury. En Canterbury ella se enzarzó en una discusión con un sacristán sobre el lugar exacto donde había sido apuñalado Beckett. Lo llevó también a un concierto en el Albert Hall, cuyo cavernoso interior un Bech soñoliento confundió con el útero de Victoria, y donde se quedó dormido. Después fueron a un club con salas de juego, en el que Merissa, que jugaba dos partidas de blackjack a la vez, perdió sesenta libras en veinte minutos. El modo en que se sentaba a la mesa de fieltro verde tenía una ferocidad profesional que reavivó la curiosidad de Bech acerca de cómo se ganaba ella la vida. Estaba seguro de que algo hacía. En su piso había una mesa de trabajo limpia y una estantería llena de libros de referencia. Bech habría curioseado de buena gana, pero se sentía vigilado a todas horas por Isabella, y pasaba en el piso pocas horas diurnas. Merissa le dijo su apellido —Merrill, el de su marido americano—, pero soslayó sus otras pesquisas con la queja de que se estaba comportando como un «escritorzuelo» y la desarmante petición de que la considerase simplemente su «episodio londinense». Pero ¿de qué vivían? Ella, su hijo y su doncella.

—Oh —le explicó Merissa—, mi padre tiene cosas. No me preguntes cuáles. No para de comprar.

Bech todavía no había abandonado del todo la idea de convertirla en la heroína de su obra maestra. Debía comprender qué significaba ser joven hoy en día.

—Los otros hombres con los que te has acostado..., ¿qué sientes hacia ellos?

—Me parecieron muy agradables en su momento.

—En su momento, y luego, más adelante, ¿ya no te parecían tan agradables?

La insinuación la sorprendió; por el modo en que se le dilataron los ojos se diría que creía que él intentaba insertar el mal en su mundo.

—Oh, no, luego también. Son muy agradecidos. Los hombres. Son agradecidos aunque sólo les prepares una taza de té por la mañana.

—Pero ¿adónde quieres ir a parar?, ¿acaso piensas en casarte otra vez?

—No mucho. El primer intento fue bastante chungo. Él no paraba de repetir cosas como: «Recoge tu ropa interior» o «En Asia viven con noventa dólares al año» —Merissa se rió.

Su pelo era un milagro desplegado sobre la almohada a la luz de la mañana, una masa lustrosa que se medía en el infinito con cada filamento del mismo negro claro, un negro que contenía dentro una luz roja igual que la materia contiene el calor, mientras que hasta el vello de los dedos de los pies de Bech había encanecido. Nombres dorados en un cuadro de honor. Como personaje, Merissa se convertiría en pelirroja, con esa palidez pecosa y vulnerable y los largos, desiguales, serios y demasiado grandes incisivos. Los dientes de Merissa estaban tan perfectamente espaciados que parecían hechos a máquina. Como sus pestañas. «Estrellas con un don para la instrucción por pelotones.»* Cuando se reía, enseñando la gruta resbaladiza que se abría más allá del paladar, Bech sentía una repugnancia que le subía por la garganta. Miró hacia la ventana, un avión descendía desde una techumbre grisácea. Preguntó:

—¿Tomas drogas?

---

* Verso del poema «Histeria» (1915), de T.S. Eliot. *(N. del T.)*

—La verdad es que no. Un poco de hierba para ser sociable. No creo en ellas.

Su homóloga americana las tomaría, por descontado. Bech se imaginó a su equivalente: una puritana pálida, autodestructiva, de ojos azules desvaídos como la ropa de trabajo de algodón demasiadas veces restregada. Los ojos de Merissa chispeaban; sus febriles mejillas ardían.

—¿Y en qué crees? —preguntó él.

—En diferentes cosas en diferentes momentos —dijo ella—. Tampoco tú pareces muy partidario del matrimonio.

—Pues lo soy, para otros.

—Ya sé por qué es tan excitante acostarse contigo. Es como dormir con un pastor.

—Querida Merissa —dijo Bech. Intentó arrugarla dentro de sí mismo. Sorberle las rosas de ramera de las mejillas. Le babeó las muñecas, apretó la frente contra la parte más estrecha de su columna. Hizo todo eso en letra de diez puntos tipográficos, sobre el cálido papel blanco de su piel resbaladiza. Pobre niña, ahí estaba, debajo de este ogro que había masticado su vida tan lamentablemente que el estómago le dolía, cuyas experiencias, sin excepción, estaban distorsionadas por una versión de ficción de sí mismas, cuya vida en vigilia era un sueño cansino de ecos y líneas de lápiz borradas; le rogó que lo perdonara mientras ella gemía con placer anticipado. Era inútil; él no podía ponerse a la labor, no podía amarla, no podía perpetuar un romance o *roman* sin ver más allá, hasta la amarga despedida y las críticas literarias ambiguas. Empezó, en lugar de actuar, a explicarlo.

Ella le interrumpió:

—Bueno, Henry, tienes que aprender a sustituir el ardor con el arte.

El frío sentido práctico de ese consejo, su resabiado recurso a milenios de dichos campesinos y máximas aristocráticas, a toda la sabiduría civilizada de la que había intentado huir América y encontrarle una alternativa, le irritó.

—El arte es ardor —le dijo él.

—Los malos artistas esperan que eso sea cierto.

—Léete tu Wordsworth.

—Con calma, cariño.

Las ganas de discutir de Merissa estaban empezando a excitarle. Descubrió que el ingenio y la lógica podían sobrevivir en el mundo ingobernable que estaba naciendo.

—Merissa, eres muy lista.

—Los débiles tienen que serlo. Eso es lo que está aprendiendo Inglaterra.

—¿Crees que soy necesariamente impotente? ¿Como artista?

—Innecesariamente.

—Merissa, dime una cosa: ¿a qué te dedicas?

—Ya lo verás —dijo, volviendo a apretar la cabeza contra la almohada y sonriendo con tranquila satisfacción, mientras la gigantesca polla de Bech se movía adelante y atrás. La cola meneando al perro.

Tuttle le pilló en su hotel el día antes de marcharse y le preguntó si sentía alguna afinidad con Ronald Fairbank.

—Sólo la afinidad —dijo Bech— que siento con todos los homosexuales católicos romanos.

—Esperaba que dijera algo así. ¿Cómo se siente, señor Bech? Francamente, la última vez que le vi tenía un aspecto espantoso.

—Me siento mejor ahora que has dejado de verme.

—Genial. Para mí ha sido un verdadero privilegio y un placer, se lo aseguro. Espero que le guste cómo ha quedado el artículo; a mí, sí. Y también espero que no le molesten mis pocas reservas.

—No, estos días no se puede ir a ninguna parte sin reservas.

—Ja ja. —Fue la única vez que Bech había oído reír a Tuttle.

Merissa no respondía a sus llamadas telefónicas. Bech esperaba verla en la fiesta de despedida que había montado Goldy para él, una cosa modesta, sin sirvientes azules, donde Bech, con su esmoquin ya arreglado, era el único hombre presente con ropa formal; pero Merissa no estaba. Cuando Bech preguntó por ella, Goldy dijo lacónicamente:

—Trabajando. Te manda recuerdos y sus disculpas.

Bech la llamó a medianoche, a la una de la madrugada, a las dos, a las cinco cuando los pájaros empezaban a cantar, a las nueve y a las diez mientras hacía las maletas para coger el avión. Ni siquiera Isabella respondía. Debía de haberse ido a pasar el fin de semana en el campo. O a visitar a su hijo en la escuela. O se habría desvanecido como un buen párrafo en un libro demasiado voluminoso para releerlo.

Goldschmidt le llevó al aeropuerto en su Bentley marrón, y con un aire apremiante y orgulloso apretó contra él varios ejemplares de periódicos del domingo.

—El *Observer* nos ha dado más espacio —dijo—, pero al *Times* pareció gustarle más. En conjunto, una recepción estupenda para lo que, seamos sinceros, no es más que un batiburrillo, un libro prefabricado. Ahora lo que tienes que escribirnos es un exitazo. —Eso dijo, pero sus ojos saltaban ya por encima del hombro de Bech hacia el flujo de recién llegados.

—Sólo tengo el título —le dijo Bech. Se dio cuenta de que debía incluir a Goldy en la novela, como un tío judío. Un talabartero, con la palma de la mano derecha dura como un caparazón de tortuga por el uso de la lezna. Esa densa y consentida cabeza florentina llena de sueños de codicia, inclinada bajo una bombilla desnuda, mientras libros de bolsillo, cinturones y sandalias surgían a trozos de las pieles de la matanza de becerros chillones. La belleza barroca de los jirones descartados amontonados a sus pies. Una escalera de incendios al otro lado de la ventana. Algunos de los cristales transparentes estaban reforzados con alambre y otros, incontables, se habían pintado para volverlos opacos.

Goldschmidt añadió un tabloide plegado a la provisión de lectura de Bech para el vuelo.

NOVIA NOBLE PILLADA
EN REDADA ANTIDROGA EN DORSET

rezaba el titular. Golschmidt dijo:

—La página diecisiete puede parecerte divertida. Como sabes, éste es el periódico que compró el padre de Merissa el año pasado. Lo leen millones de personas.

—No, no lo sabía. No me contó nada de su padre.

—Es un viejo pícaro. Casi el último de los verdaderos *tories* conservadores.

—Habría jurado que ella era más bien una liberal-laborista.

—Merissa es una corderita muy lista —afirmó Goldschmidt y apretó los labios. En nuestra prolongada Diáspora hemos aprendido a no cotillear sobre nuestros anfitriones. La mano derecha de Goldy, al estrechársela para despedirse, era irrealmente blanda. Bech se guardó la página diecisiete para el final. La crítica del *Times* se titulaba «Más ficción étnica desde el Nuevo Mundo» y reseñaba *The Best of Bech* junto a una novela sobre los indios canadienses de Leonard Cohen y una antología de ensayos de protesta y poemas escatológicos de LeRoi Jones. El largo artículo del *Observer* llevaba el título «Lo mejor de Bech no es lo bastante bueno» y lo firmaba L. Clark Tuttle. Bech lo leyó por encima, como un faquir que camina sobre ascuas sin detenerse en ninguna parte el tiempo suficiente para abrasar la humedad de las plantas de sus pies. No se utilizaba casi ninguna de las citas que había vertido en el cuaderno de notas y la grabadora del chico. Por el contrario, se desplegaba un análisis ofendido de la obra de Bech, salpicado de poco convincentes críticas.

«... Preguntado sobre el florido, por no decir colorido como fruta madura, estilo de *The Chosen,* Bech se quitó de encima el problema entero, afirmando (¿ingeniosamente?) que nunca se lo plantea... Del abismal fracaso del libro, de lo paralizantes e irreconciliables que son sus grandiosas pretensiones y la trivialidad de las preocupaciones morales de sus personajes, Bech parece dichosamente inconsciente, refugiándose en la encantadora, aunque mecánicamente gnómica, elusión de responsabilidades del "a medida que envejeces, la vida se vuelve complicada"... A este entrevistador en verdad le sorprendió la naturaleza defensiva de la despreocupada locuacidad de Bech; su encanto personal funciona como una pantalla frente a los demás —frente a las opiniones ajenas amenazantes, frente a la materia en crudo de las vidas de los otros— del mismo modo, tal vez, que la bebida funciona en su interior como una pantalla contra sus más profundas suspicacias sobre sí mismo... nostalgia contrarrevolucionaria... fe posiblemente irónica en «el espíritu emprendedor»... sin embargo, incuestionable talento verbal... traumatizado por el colapso económico de los años treinta... un maestro menor a lo largo de algunas páginas sueltas... no puede clasificársele, por más que lo diga su leal claque del *New York Review*, con el primer Bellow o el último Mailer... recordaba, al final, tras los símiles cosquilleantes y las repeticiones demasiado largas e insustanciales de su autocalificada "Mejor obra", a (y la comparación puede servir a los lectores ingleses como índice de su importancia actual) ¡Ronald Fairbank!»

Bech dejó que el periódico cayera flácido. El avión había rodado por la pista y se preparaba para el peligroso salto a los aires. Sólo cuando estuvo arriba, con Hampton Court firmemente asentado a sus pies como un delicado gráfico en sepia de sí mismo, y la gran masa de piedra de Londres se disolvió como una nube tras él, Bech buscó la página diecisiete. Una columna de esa página se titulaba «La semana de Merissa». El dibujo lineal de la chica despertó en Bech recuerdos eróticos de los espacios en su cara: la separación gatuna entre sus ojos, los círculos pintados de sus mejillas, el hueco repentinamente húmedo de su boca, que en la caricatura era una tilde irónica, una ~.

«Merissa ha pasado una semana bastante sosita ***
Los narcisos eran como los de los viejos tiempos, ¿verdad
que sí, W. W.? *** Ojo: el repartidor de blackjack en
L'Ambassadeur saca dieciséis y siempre gana *** Un sacristán de la C. de Canterbury es tan inculto que lo tomé por
un agente antidroga *** La nueva acústica en Albert Hall
es aún peor que la de Salibury Plain *** John y Oko com-
pondrán su próximo disco haciendo el pino, con los cu-
los pintados para parecerse *** El *Swinging London* fue un
poquito más movidito esta semana cuando el encantador
autor americano Henry *(Travel Light, Brother Pig*, y no pon-
gáis cara de tontos, están en Penguin) Bech se pasó por el
Revolution y otros locales *in*. El corazón de más de una
jovencita hastiada latió más fuerte al ver los rizos rabínicos de Bech moviéndose al ritmo de *Poke Salad Annie* y
otros *hits* del momento. Merissa dice: Vuelve pronto, H.B.,
los hombres transatlánticos son los más existenciales ***
Visitó Londinium para ayudar a subir la crema de su crema, *Bech's Best*, publicado por J.J. Goldschmidt, con una
cubierta sosa, sosa, y se echa en falta la fotografía del
autor. Confidencialmente: su corazón pertenece a la vieja y sucia Nueva York ***»

Bech cerró los ojos sintiendo que su amor por ella se
expandía en la misma medida en que la distancia entre
ellos aumentaba. El espíritu emprendedor cabalga de nuevo. *Rizos rabínicos:* de algún modo, la idea se la había dado
él. *Mecánicamente gnómico:* la idea también era suya. *Como
una pantalla frente a los demás.* Fairbank murió a los cuarenta. Cuando todavía estaba ganando altitud se dio cuenta
de que él no había muerto; su destino no era tan sustan-
cial. Se había convertido en un personaje de Henry Bech.

Bech va al Cielo

Cuando Henry Bech era un impresionable preadolescente de trece años, más aburrido de lo que le gustaría reconocer por la cuestión de si los Yankees de 1936 podían recuperar su banderín de Detroit, una mañana de mayo su madre lo hizo salir de clase, tras consultarlo con el director del colegio; era una curtida y habitual visitante del director. Había ido a hablar con él cuando Henry entró en primero; cuando volvió a casa un día, en segundo, con la nariz ensangrentada; cuando se saltó tercero; cuando le dieron una puntuación de 65 en Caligrafía en quinto, y cuando se saltó sexto. La escuela era la P.S. 87, en la esquina de la Setenta y siete con Amsterdam, un desolado edificio de ladrillo cuya densidad interior de olores y emociones, sobre todo durante una tormenta de nieve o en las cercanías de Hallowe'en, era trascendente. Ningún corazón, salvo los muy jóvenes, podría haber resistido la tensión diaria de tantas intrigas, cambios de humor, deseos, personalidades, esfuerzos mentales, corrientes emocionales, de tantos de esos matices dolorosamente importantes del prestigio y la simulación. Bech, bastante bajo para su edad, pero con una nariz y unos pies grandes que prometían un crecimiento futuro, fue reconocido desde el principio por sus compañeros de clase como hijo único, más de su madre que de su padre, mimado y listo, aunque no un prodigio (su voz no tenía tono, sus aptitudes matemáticas no eran las de Einstein); así que, de manera inevitable, se burlaron de él. No todas las burlas adoptaron la forma de narices ensangrentadas; a veces la chica sentada en el pupitre contiguo le hacía cosquillas en los antebrazos con el lápiz, o su nombre era gritado con sorna a través de la valla de tela metálica que separaba los sexos en el recreo. Los vecindarios de piedra caliza roja que suministraban los estudiantes a la escuela eran en aquellos tiempos todavía de clase media, si por clase media se entendía no tanto un nivel de pobreza (a diferencia de los pobres de hoy, no tenían coches, y la licorería ni les fiaba ni les hacía entregas a domicilio), como de autoestima. Sumidos en la Gran Depresión, habían mantenido unidas a sus familias, habían evitado que sus pies tocaran fondo, y conservaron su fe en el futuro, el futuro de sus hijos más que el suyo propio. Esos hijos llevaban un alivio vertiginoso al sanctasanctórum del edificio de la escuela, alivio porque el mundo, o al menos ese cubo de ladrillo tallado en él, había sobrevivido otro día. ¡Qué frágil les parecía el mundo!, tan frágil como sólido les parece a los chicos de hoy, que quieren destruirlo. Mayoritariamente judías, las aulas del instituto de Bech contaban también con algunas notas de color brillantes aportadas por gentiles alemanes, cuyos padres también tenían alguna pequeña tienda o ejercían algún oficio manual, y por algunos europeos orientales, cuyos modales poco pulidos e inglés ceceante los convertía en el centro de un frenesí romántico y objeto de brutales chistes de mal gusto. En aquellos años, los negros, como los chinos, eran rarezas exóticas, seres creados, como las cebras, de broma. Todos estudiaban, a la luz de las amarillentas bombillas del techo y de la bandera de 48 estrellas clavada encima de la pizarra, caligrafía, la ruta de las especias, las importaciones y exportaciones de las tres Guyanas, los tres tipos de porcentaje y otras materias que se aprendían de memoria y a las que la existencia de colas del pan y buhardillas miserables concedían importancia, del mismo modo que a los diversos y duros trabajos de sus padres les daba dignidad, incluso santidad, su relación directa con la comida y la supervivencia. Aunque también le habría costado reconocerlo, al pequeño Bech le encantaba la escuela, apreciaba formar parte de la ciudadanía de esa población macilenta, le arrebataban la barbilla pecosa y los ojos cerúleos de Eva Hassel, sentada al otro lado del pasillo, y detestaba las frecuentes intromisiones de su madre en su educación americana. Cada vez que ella aparecía delante del despacho del director (el señor Linnehan, un sacerdote frustrado de párpados llagados, con un pestañeo y un tartamudeo fáciles de imitar), se burlaban de él en los lavabos o en el patio asfaltado durante el recreo; cada vez que ella conseguía que se saltara un curso avanzando al siguiente se convertía en el más pequeño de la nueva clase. A los trece años iba al colegio con chicas que ya eran mujeres. Aquel día de mayo, demostró su enfado con su madre negándose a dirigirle la palabra mientras se alejaban de las escaleras melladas de la escuela, por la calle Setenta y ocho, pasaban por delante de un edificio de apartamentos de imitación del estilo Tudor que parecía una casa de cuento de hadas perversamente engrandecida y mugrienta, y llegaban hasta la esquina de Broadway con la Setenta y nueve, donde se levantaba el templete de la empresa del metro con su abigarrado aroma de frenos quemados, bagels calientes y vómito.

De manera excepcional se subieron a un tren en dirección norte. La deriva entera de sus vidas era hacia el sur: al sur hacia Times Square y la Biblioteca Pública, al sur hacia Gimbels, al sur hacia Brooklyn, donde vivían los dos hermanos de su padre. El norte no era más que la Tumba del general Grant, Harlem, el Yankee Stadium y Riverdale, donde un primo rico, productor teatral, vivía en un apartamento lleno de muebles de cristal y un montón de fotografías lascivas y garabateadas. Más al norte se extendía la inmensidad extranjera, llamada en la parte más próxima Estado de Nueva York, pero que hacia el oeste se fundía con otros nombres, otros estados, donde los no judíos cultivaban sus granjas, conducían sus turismos, se columpiaban en los columpios de sus porches y se enzarzaban en las infinitas luchas de heroísmo moral representadas continuamente en las películas de Hollywood que pasaban en el RKO de Broadway. Sobre el inmenso organismo de Estados Unidos, barrido por tormentas de polvo y de conciencia cristiana, el joven Henry sabía que su isla de Manhattan existía como una verruga; hasta cierto punto, su pequeño mundo familiar era un enclave inmigrante, la religión que practicaba su familia era una ofensa tolerada, y el lenguaje de celebración de esta religión era un arcaísmo retrógrado. Él, su familia y sus semejantes se apiñaban envueltos en chales dentro de una trastienda recalentada, mientras afuera un inmenso y hermoso territorio salvaje hacía vibrar sus ventanas de guillotina con el viento y pintaba sus cristales de escarcha; y todos los muebles que habían traído consigo de Europa, los escabeles y las filacterias, los ejemplares de Tosltói y Heine, las ambiciones, el espíritu defensivo y el amor, pertenecían a la enrarecida trastienda.

Ahora su madre señalaba hacia el norte, hacia el frío. Sus reflejos vibraban en el cristal negro cuando el tren expreso frenaba en las paradas locales, tenues islas de luz donde gruesas mujeres negras esperaban con bolsas de la compra de cuerda. A Bech siempre le sorprendía que esas vistas congeladas no saltaran hechas pedazos cuando ellos las traspasaban; tal vez fuera el cambio de agujas de varios niveles, el rápido metal precariamente apartado para evitar la colisión, más que los olores y la claustrofobia subterránea, lo que hacía que el chico se marease en los metros. Se imaginó que podría aguantar ocho estaciones antes de que llegaran las náuseas. Acababan de empezar cuando su madre le tocó el brazo. Arriba, muy arriba en el West Side, emergieron, en una zona donde los acantilados y las cumbres de las colinas azotadas por el viento apenas parecían anuladas por la rejilla de asfalto. Un bullicioso grito primaveral subía desde el río, e inesperados puentes de metal verde se arqueaban seráficamente por encima de ellos. Caminaban juntos, el niño y su madre, él con un traje de pantalón corto de lana que le arañaba y susurraba entre las piernas, ella con un tembloroso sombrero de paja negra brillante, por una amplia acera bordeada de adoquines y árboles cuya corteza estaba veteada de marrón y blanco como el cuello de una jirafa. Ése fue el último año que ella sería más alta que él; con una mirada de soslayo, Bech tuvo la impresión infantil y acobardada de que veía, debajo de la carne inestable de la mandíbula de su madre, las manchas rosáceas del lado del cuello que manifestaban su nerviosismo o enfado. Más valía que hablara:

—¿Adónde vamos?

—Vaya —dijo ella—, veo que no te ha comido la lengua el gato.

—Ya sabes que no me gusta que vayas a la escuela.

—Mira tú, el señor nometoques —dijo ella—, que se avergüenza tanto de su madre que quiere que todas sus alemanitas, sus *shikses* de ojos azules, piensen que ha nacido de debajo de una piedra, supongo. O mejor aún, que vive en un árbol como Siegfried.

En algún momento del pasado, ella le había sonsacado su admiración por las chicas alemanas de la escuela. Él se ruborizó.

—Gracias a ti —le dijo él—, todas son dos años mayores que yo.

—No en sus vacías cabecitas doradas, ahí dentro no son tan mayores. Tal vez en sus bragas, pero eso ya te llegará pronto. No les metas prisa a los años, antes de que te des cuenta ellos te la meterán a ti.

Homilías, halagos y humillaciones: eso era lo que le aplicaba su madre, día tras día, como los toques de un escultor. Su sonrojo se intensificó al oír la mención a las bragas de Eva Hassel. ¿Serían ellas las que le llegarían pronto? Ése era el estilo de su madre: burlarse de su realidad y aumentar sus expectativas.

—Mamá, no seas fantasiosa.

—Ay, nada de fantasías. No hay nada que ninguna de esas chicas doradas desearía tanto como atarse a algún pequeño y listo chaval judío. Mucho más que a un Fritz picasalchichas que se habrá enganchado a la cerveza y acostumbrado a darle palizas antes de cumplir los veinticinco. Tú mantén la nariz metida en los libros.

—Pues allí era donde la tenía. ¿Adónde me llevas ahora?

—A ver algo más importante que un sitio donde meter tu *putz*.

—Mamá, no seas vulgar.

—Yo llamo vulgar a un chico que quiere esconder a su madre debajo de una piedra. A su madre, a su pueblo y a su cerebro, todo bajo una piedra.

—Ahora lo entiendo. Me llevas a ver la Roca de Plymouth, adonde llegaron los peregrinos.

—Algo por el estilo. Si tienes que ser americano, al menos no mires sólo la parte de abajo. Arnie —el primo de Riverdale— me consiguió dos entradas de Josh Glazer para algo que no sé muy bien qué es. Ya lo veremos.

La colina fue allanándose bajo sus pies, llegaron a un inmenso edificio de granito inmaculado, con el paradójico aspecto de estar ahí desde siempre, pero haber sido raramente utilizado. A lo largo de la parte de arriba se extendía una cinta de nombres grabados: PLATÓN . NEWTON . ESQUILO . LEONARDO . AQUINO . SHAKESPEARE . VOLTAIRE . COPÉRNICO . ARISTÓTELES . HOBBES . VICO . PUSHKIN . LINNEO . RACINE y así hasta el infinito, alrededor de las cornisas y por las dos altas alas del edificio que se perdían de vista. Un patio sucedía a otro, cada uno a un nivel un poco más alto que el precedente. Árboles cónicos de hoja perenne hacían guardia silenciosa; se oía una fuente invisible. Como entrada, había una desconcertante selección de puertas de bronce. La madre de Bech empujó una y se encontró con un guardia uniformado de verde; ella le dijo:

—Me llamo Hannah Bech y éste es mi hijo Henry. Éstas son nuestras entradas, y aquí dice que hoy es el día; las consiguió para nosotros un amigo íntimo de Josh Glazer, el dramaturgo. Nadie me avisó de que había una subida tan empinada desde el metro, por eso me he quedado sin aliento.

Aquel guardia, y luego otro, porque se perdieron varias veces, les dirigieron (con su madre recibiendo y repitiendo una serie completa de indicaciones cada vez) a través de una sucesión ramificada de escaleras de mármol hasta la galería de un auditorio cuyo techo, o ésa fue la impresión del chico, estaba decorado con juguetes de escayola: volutas, máscaras, conchas marinas, peonzas y estrellas. Ya había una ceremonia en marcha. Sus charlas con los guardias les habían hecho perder tiempo. El brillante escenario, muy abajo, contenía un cuadro vivo que parecía mágico. Sobre un estrado curvo compuesto de seis o siete hileras se sentaba un centenar de personas, casi todas hombres. Aunque se veía moverse a algunos de ellos —uno volvió la cabeza, otro se rascó la rodilla—, su apariencia de conjunto daba una impresión de férrea unidad, parecían grabados. Cada cara, incluso desde la lejanía de la galería, mostraba el sello de la precisión añadida que la mucha atención recibida y las frecuentes fotografías graban sobre un semblante; todas habían sufrido la cristalización de la fama. El joven Henry vio que había otros tipos de Cielo, menos agitados y más elevados que el de la escuela, más compactos y menos trágicos que el Yankee Stadium, donde los jugadores desperdigados, frágiles y de blanco, parecían a punto de ser devorados por la multitud con forma de dragón. Supo, antes incluso de que su madre, ayudada por un gráfico que traía el programa, empezara a decir sus nombres, que bajo sus ojos estaba reunida la flor y nata de las artes de América, sus rabinos y caciques, almas que, aunque todavía respiraban, disfrutaban ya de su inmortalidad.

La superficie de su gloria colectiva ondulaba cuando uno u otro se levantaba, salía de su hilera arrastrando los pies, tomaba el atril relumbrante y hablaba. Algunos se levantaban para entregar premios; otros, para recogerlos. Se ovacionaban los unos a los otros con un susurro educado que despertaba un eco de entusiasmo atronadoramente amplificado por la multitud anónima y perecedera al otro lado del velo, una muchedumbre dócil y brumosa que se extendía hacia atrás desde las primeras filas de seres queridos con ramilletes de flores hasta las tenues regiones de las galerías donde se sentaban los simples espectadores, y desde donde el pequeño Bech miraba pasmado mientras su madre se inclinaba con afán sobre el gráfico identificador. Ella localizó, y le señaló, con tal ardor por el detalle de la navegación como el que les había retrasado en la llegada, a Emil Nordquist, el Bardo de la Pradera, el celebrante de tupidas cejas en irresistible *vers libre* del trigo agitado por el viento y las lecheras suecas; a John Kingsgrant Forbes, el pulcro autor costumbrista de Nueva Inglaterra; a Hannah Ann Collins, la poeta mística y sutil de la pasión incrustada de Alabama, la voz más corrosiva en la poesía americana desde la defunción de la reclusa de Amherst; al inmenso Jason Honeygale, el legendario verbo torrencial de Tennessee; a Torquemada Langguth, con sus ojos de halcón, amante y cantor de los acantilados escarpados y los lugares despoblados y marchitos de California; y a Josh Glazer, del mismo Manhattan, el ingenioso de Broadway, dramaturgo, letrista y Romeo. Y había escultores calvos y achaparrados con grandes pulgares curvados; pintores de barbas pelirrojas como profetas salpicados de color; diminutos y centelleantes filósofos que soltaban topicazos en griego al micrófono; encorvados historiadores de voz cansina de los estados fronterizos; comunistas declarados de caras tan resecas como el papel y con cintas negras oscilando de sus quevedos; compositores de música atonal que intercambiaban delicadamente premios y recuerdos de París, cuyas frases en francés irrumpían nasales en su discurso como ruidosos trombones; ancianas sibilinas con rostros de bronce..., todos ellos unificados, a ojos del Bech niño, no sólo por la masa oscura de tela de sus ropas y el brillo sobre el escenario, sino porque habían trascendido el tiempo: ellos habían alcanzado el puerto del logro perdurable y habían quedado exentos del molesto incordio del crecimiento y su gemela (que él sentía precozmente en sí mismo ya entonces, sobre todo en su dentadura), la decadencia. Bech asumía de forma pueril que, aunque se les descubriera retirando el velo cada mes de mayo, ellos se sentaban ahí eternamente, en la misma férrea disposición bajo ese techo abovedado de volutas y estrellas.

Por fin se dieron las últimas felicitaciones y se enunció la última humilde aceptación. Bech y su madre navegaron de nuevo por el laberinto de escaleras. Los dos tenían miedo de hablar, pero ella percibió, en el modo abstraído en que él andaba a su vera, sin alegrarse ni encogerse ante su contacto cuando ella alargó la mano para tranquilizarle en medio de la multitud, que el acto había atraído su atención. El niño tenía las orejas enrojecidas, mostrando que se había encendido una llama interior. Ella le había puesto en camino, un camino que debía ser —la señora Bech pasó por alto unas repentinas dudas, como un rudo empujón a su espalda— el correcto.

Bech nunca se atrevió a soñar con formar parte de ese panteón. Aquellos rostros de los años treinta, como los libros que empezaba a leer a la vez que abandonaba para siempre las estadísticas del béisbol, formaban un mundo imposiblemente elevado y lejano, un texto inmutable grabado sobre la frente de piedra —ésa era su confusa impresión— de Manhattan. Alcanzada ya la mediana edad, le sorprendería descubrir que Louis Bromfield, por decir alguien, ya no era considerado un sabio, que Van Vechten, Cabell y John Erskine se habían vuelto tan desconocidos como los gánsteres famosos del mismo periodo, y que una generación entera había madurado hasta la sabiduría sin reírse entre dientes ni una sola vez con un verso de Arthur Guiterman o Franklin P. Adams. Cuando Bech recibió, en un sobre no muy distinto a los que contenían ofertas para unirse al Club de Lectores Erótica o a la Asociación de Amigos de la Educación Apache, aviso de su elección para formar parte de una sociedad cuyo título hacía pensar en el de una iglesia unificada, junto con una invitación para su ceremonia de mayo, no relacionó ese honor con la tarde de novillos de tres décadas atrás. Aceptó, porque en sus años de barbecho de la mediana edad no se atrevía a rechazar ninguna invitación, ya fuera para viajar a la Europa comunista o para fumar marihuana. Su jornada laboral era breve, pero el día se le hacía largo, y ahí delante se cernía siempre la esperanza de que al doblar la esquina de cualquier consentimiento espontáneo encontraría, entre una ráfaga de disculpas y besos emocionados y mal dirigidos, a su amante tanto tiempo perdida, la Inspiración. Tomó un taxi hacia el norte el día señalado. Quiso la casualidad que lo dejara en una entrada lateral que ni de lejos recordaba el augusto acercamiento frontal que él había emprendido en el pasado con la sombra de su madre. Franqueada la puerta de bronce, le saludó una secretaria en minifalda, quien, humedeciéndose los labios y acercando quizás involuntariamente la pelvis a un par de centímetros de la suya, enganchó su nombre en una tarjeta de plástico a su solapa y luego, como si se le hubiera ocurrido en el último momento, con la punta de la lengua descubierta en gesto de juguetona concentración, le ajustó seductoramente el nudo de la corbata. Otras huríes igual de consideradas supervisaban las llegadas, separando a los antiguos *belle-lettrists* de sus abrigos con filatélico cuidado, conduciendo a poetisas que asentían quejumbrosamente hacia el ascensor, encargándose de la distribución de chillonas pilas de chapas con los nombres, tarjetas de admisión y códigos numerados. La chica que lo atendió llevaba un pin que rezaba DIOS ALUCINA.

Bech le preguntó:

—¿Se supone que debo hacer algo?

—Levantarse cuando digan su nombre en voz alta —dijo ella.

—¿Subo en el ascensor?

Ella le palmeó los hombros y le tiró del lóbulo de una oreja.

—Me parece que todavía es un cuerpo lo bastante joven —comentó— y puede usar las escaleras.

Obedientemente, ascendió por una atestada escalera de mármol y se encontró en medio de una nube de presencias susurrantes; algunas caras le resultaban familiares: Tory Ingersoll, un incansable viejo marica, con sus remilgados rasgos engastados en el caparazón de su base de maquillaje anaranjado, que en los últimos años se había zambullido en el hipsterismo y se había convertido en un repetitivo halagador y antólogo de la «nueva» poesía, ya fuera concreta, no-asociativa, neo-gita o sencillamente de protesta; Irving Stern, un crítico moreno y reflexivo de la edad y la formación intelectual de Bech, que, pese a todas sus enérgicas quejas de apertura mcluhanita nunca había dejado de mirar con los ojos entrecerrados a través de los adustos anteojos de la estética leninista, y cuyo propio estilo de prosa dejaba el regusto de unas aspirinas masticadas; Mildred Belloussovsky-Dommergues, de nombre tan políglota como sus matrimonios, cuyos hombros de levantadora de pesos y la generosa cuchillada de su boca de puta lista menguaban perversamente en la imprenta hasta reducirse a un hilo de dímetros elípticos; Char Ecktin, el joven dramaturgo revolucionario cuya sonrisa tonta y risita aguda se conjugaban mal con la vulgar amargura de sus desenlaces...; pero muchos más eran rostros semifamiliares, caras vagamente conocidas, como las de los actores secundarios en las películas de serie B, o como las que emergen de la oscuridad para rematar una necrológica sorprendentemente entusiasta, o esos nombres que figuran en pequeño en las páginas de créditos, como traductor, co-editor o «según se le dijo a», caras cuyo aire reconocible podría deberse a una fantasmagórica semejanza familiar, o a un cóctel al que se asistió diez años atrás, o a una reunión del PEN, o a un instante en una librería, o a una solapa interior examinada apresuradamente y luego cerrada y recolocada en la ajustada y brillante hilera de los libros no comprados. En medio de esa multitud, Bech oyó que pronunciaban su nombre en voz baja y le estiraban con suavidad de la manga. Pero no levantó la mirada por miedo a romper el hechizo, a alterar el decoro tenebroso y el susurro que le rodeaban. Llegaron al final de su ascenso laberíntico y les hicieron recorrer un pasillo sospechosamente estrecho. Bech dudó, como duda hasta el más tonto de los novillos ante el tobogán del matarife, pero la presión a sus espaldas le obligó a avanzar hasta entrar en una maraña iluminada de hombres que se movían a tientas y sillas que raspaban el suelo. Se encontró sobre un escenario. Las sillas estaban dispuestas en gradas semicirculares. Mildred Belloussovsky-Dommergues agitaba un brazo musculado de alabastro:

—Yujú, Henry, aquí. Ven a ser una B conmigo.

Ella ya hablaba incluso —hasta tal extremo corrompe el arte al artista— en dímetros. Con gusto subió hacia ella. A lo largo de su vida, por más carencias que hubiera padecido en otros sentidos, siempre había tenido una mujer junto a la cual refugiarse. En la silla de al lado de ella vio su propio nombre. Sobre el asiento había un programa doblado. En el dorso del programa, un gráfico. El gráfico encajó en sus recuerdos y, cuando levantó la mirada hacia la oscuridad habitada que se perdía en una de las galerías, bajo un techo levemente decorado con salientes de yeso que parecían juguetes, Bech sospechó, por fin, dónde estaba. Movido por el instinto de un hombre de letras, se volvió hacia el material impreso buscando la confirmación; se inclinó sobre el gráfico y sí, encontró su nombre, su número, su silla. Estaba ahí. Había pasado a formar parte de ese cuadro vivo luminoso e inmutable. Había cruzado al otro lado.

Ahora aquella excursión olvidada con su madre volvió a su memoria, y con ella su ascensión por aquellas ramificaciones de mármol, una ascensión que reflejaba, aunque de manera profana, la que acababa de hacer por recintos sagrados; y dedujo que este edificio era el doble de inmenso; una reunión interior dispuesta en forma de arco

210

en este auditorio abovedado donde lo mortal y lo inmortal podían contemplarse mutuamente a través de un velo que difuminaba y oscurecía a uno y daba al otro una visibilidad sobrenatural, el resplandor y la precisión de las formas platónicas. Examinó su mano izquierda —su socia en numerosos delitos humildes, su delegada en muchas investigaciones furtivas— y la vio como parte, detrás del brillo de llama azul de su puño, articulación por articulación, hasta los muñones de sus uñas, de la delicada representación que se encuentra menos en la realidad que en los prometeicos estudios anatómicos de Leonardo y Rafael.

Bech miró a su alrededor: el escenario se estaba llenando. Le pareció ver, en la parte de delante y abajo, donde la luz del escenario era más intensa, el tan fotografiado (por Steichen, por Karsh, por Cartier-Bresson) perfil y el vívido pelo de maíz sedoso de —no podía ser— Emil Nordquist. ¡El Bardo de la Pradera todavía vivía! Debía de tener cien años. No, a ver, si a mediados de los años treinta tenía cuarenta y tantos, ahora rondaría sólo los ochenta. Mientras que Bech, aquel preadolescente, se acercaba a los cincuenta: el tiempo lo había tratado con mucha más crueldad.

Y ahora, en la otra ala del escenario, desde el lado del ascensor, desplazándose con el angustioso arrastrar de pies de un semiparalítico, pero todavía vestido con formidable elegancia con un traje cruzado de raya diplomática y cuello alto almidonado, entró John Kingsgrant Forbes, cuyo último y perspicaz análisis cívico de las costumbres de Beacon Hill había aparecido durante la segunda guerra mundial, en el periodo de escasez de papel. ¿Había imaginado Bech que había leído su necrológica?

—Ha llegado nuestra reina —murmuró sardónicamente Mildred Belloussovsky-Dommergues a su izquierda, con ese ambiguo rastro de acento extranjero, el residuo sedimentado de sus diversos maridos. Y, para asombro de Bech, entonces entró, apoyada en el brazo cortés de Jason Honeygale, cuya épica corpulencia se había arrugado en pliegues de pellejo venoso que caían sobre huesos de estegosaurio, la diminuta figura tambaleante de Hannah Ann Collins, que lucía la desconcertada expresión facial de los ciegos. La condujeron hacia delante, donde la adusta figura de Torquemada Langguth, con la columna doblada casi por la mitad y su cresta de halcón ahora blanca como la de una garceta, se levantó para recibirla y colocar casi sin fuerzas su silla.

Bech murmuró hacia la izquierda:

—Creía que todos habían muerto.

Mildred respondió distraídamente:

—Nos resulta más sencillo no morirnos.

Una sombra se dejó caer con brusquedad en la silla a la derecha de Bech; era —oh, gigantesco— Josh Glazer. Su trato con Bech era como el de un mecenas, porque le comentó despreocupadamente:

—Dios, Bech, llevo años intentando meterte aquí arriba, pero los cabrones siempre respondían: «Esperemos a que escriba otro libro; el último fue un fracaso». Al final les dije: «Escuchad, ese hijo de puta no va a escribir otro libro en su vida», así que dijeron: «Pues vale, entonces dejémosle entrar en el infierno». Bienvenido a bordo, Bech. Dios, he sido un rendido admirador tuyo desde el primer momento. Cuándo vas a probar con una obra de teatro, Broadway está agonizando.

Estaba sordo, se había teñido el pelo de negro, y la dentadura también era postiza porque las ráfagas de su aliento transportaban un olor fétido a alcohol atrapado y de algo terriblemente orgánico que a Bech le recordaba —removiendo unos peculiares remilgos que eran lo único que le quedaba de la ortodoxia de sus ancestros— el hedor de marisco podrido. Bech apartó la mirada y vio que en todos los rincones del escenario reinaban el alboroto y la disolución. Los cráneos arrugados de los filósofos colgaban en báquico estupor. Maliciosas y satisfechas sonrisas se intercambiaban entre los rostros consagrados en los manuales de literatura. Eustace Chubb, la conciencia poética de América a lo largo de la Guerra Fría, tenía los calcetines agujereados y se tocaba mecánicamente una llaga morada en la espinilla. Anatole Husač, el padre de la neofiguración, estaba sudando en pleno subidón de droga, y retorcía las manos como un pez que se ahoga. A medida que se desarrollaba la ceremonia, ni una clase de chavales expulsados de formación profesional se habría mostrado más descaradamente desatenta. Mildred Belloussovsky-Dommergues le hacía cosquillas sin parar a Bech en el vello de la muñeca con el filo de su programa; Josh Glazer le ofreció un trago de una petaca plateada firmada por los hermanos Gershwin. La cabeza leonina —la de un gran lexicógrafo— que Bech tenía justo delante, se ladeó y empezó a emitir ronquidos ilegibles. La Medalla de Ficción Moderna se le concedió a Kingsgrant Forbes; el crítico con cuerpo de chelo (más conocido por su minuciosa edición de los seis volúmenes de la correspondencia de Hamlin Garland) empezó su discurso:

—En estos lamentables tiempos de denominado humor negro, de la apoteosis en la ficción de lo subdesarrollado...

Y un negro sentado en el centro de la fila de Bech se

levantó, soltó un único improperio negro y, con mucho arrastrar de sillas, abandonó el escenario. Se entregaron varias becas. Uno de los receptores, un tipo vestido con un mono malva que andaba de puntillas, arrojó serpentinas hacia el público y se descubrió el pecho para revelar un cerdo psicodélico que se había pintado y al que había puesto el nombre de Milhaus; varios ancianos, un naturalista de Arizona y un muralista del New Deal, salieron ruidosamente y durante un buen rato se les oyó llamando al ascensor. El barullo de voces subió de volumen. La impaciencia hizo acto de presencia.

—Mierda —le dijo Josh Glazer a Bech en voz baja—, tengo abajo una limusina contratada por horas. Dios, y una zorrita preciosa me espera en el Plaza.

Por fin llegó el momento de presentar a los nuevos miembros. Los fue llamando un pintor de paisajes hipermétrope que al leer se hizo un lío para ajustar a tan corto foco sus papeles, la lámpara del atril y sus gafas de leer.

—Henry Bech —leyó, pronunciando «Betch», y Bech se levantó obedientemente. Los focos le deslumbraron; tuvo la sensación de que lo examinaban a través de un microscopio, de que era extrañamente diminuto. Al levantarse había esperado alcanzar la estatura de un hombre, y en cambio no se sentía más alto que un niño—. Nativo de Nueva York —empezó la presentación—, que ha optado por cantar las distancias continentales...

Bech se preguntó por qué los escritores en puestos oficiales tenían que «cantar» siempre; ni se acordaba de la última vez que había tarareado siquiera.

—... un hijo de Israel, leal al romanticismo de Melville...

Él iba por ahí contándole a los entrevistadores que

Melville era su autor preferido, pero no había pasado del primer tercio de *Pierre*...

—... un poeta en prosa cuyo refinamiento impide la pre..., la pro..., discúlpenme, estas bifocales son nuevas...

Risas del público. ¿Quién estaría allí, entre el público?

—... déjenme probar de nuevo: cuyo refinamiento impide la prolijidad...

¡Su madre estaba allí, entre el público!

—... un mago de la metáfora...

Estaba allí, justo delante, bañada en la luz reflejada del escenario, con un ramillete de orquídeas sujeto al pecho.

—... y un amigo del corazón humano.

Pero ella había muerto hacía cuatro años, en un asilo en Riverdale. Mientras empezaba la ovación, Bech vio que la anciana dama con el ramillete se limitaba a aplaudir educadamente, y no era su madre sino la de algún otro, tal vez la del chico con el cerdo en el estómago, aunque por un instante, debido a un engaño de la iluminación, le pareció ver algo resuelto y expectante en la inclinación de la cabeza de aquella mujer, algo esperanzado... La luz que le daba en los ojos se convirtió en agua tibia. Su ovación se fue apagando. Se sentó. Mildred le dio un codazo. Josh Glazer le estrechó la mano, con demasiada fuerza. Bech intentó aclararse la vista mirando las nucas. Eran inexpresivas: inexpresivas nucas descuidadas de un retablo de cartón piedra al que sólo los crédulos, las ancianas y los niños concedían alguna importancia. Le temblaban las rodillas, como si acabara de realizar una ardua ascensión. Lo había conseguido, estaba ahí, en el Cielo. Y ahora ¿qué?

Apéndices

Apéndice A

Agradecemos el permiso para utilizar como prueba fragmentos del diario ruso no publicado de Henry Bech. El diario, físicamente, es una desvaída libreta roja de gastos, que mide 18,5 por 10,5 cm, manchada con brandy Moscow y envuelto en rocío caucasiano. Las entradas, de las que las últimas son en bolígrafo rojo, abarcan del 20 de octubre de 1964 al 6 de diciembre de 1964. Las primeras son las más largas.

I

20 de oct. Vuelo desde Nueva York a medianoche, sin dormir, Pan Am siguió alimentándome. Golpeando contra el sol, pronto llega el alba. Un extraño recorrido por París en autobús; decorados de una ópera de segunda en jirones de color sepia mustio por las calles; alegría postiza de toldos de café a la espera de los coros de iluminadores. De Orly a Le Bourget. El avión de Moscú, un nuevo mundo. Hombres con abrigos oscuros esperando apiñados. Solemnes como gánsteres. Oída de pasada la primera palabra rusa entendida, *Americanski*, pronunciada con un guiño hacia mí por un caballero de dientes desiguales que metía un voluminoso abrigo negro en un portaequipajes por encima de su cabeza. Cordel en la rejilla del portaequipajes, las costillas interiores del avión, sin rastro de plástico capitalista. Las azafatas, nada que ver con nuestras suavemente constreñidas fulanas sino carne ágil; nos sirvieron patatas de verdad, salchichas de ternera, *borsch*. Aeroflot, un festín aéreo. Olor a establo feliz y atestado, calor animal en una

219

cuadra fría, a nueve mil metros de altura. Trastienda de los tíos en Wmsburg. Murmullos a mi alrededor, lenguas extranjeras extrañamente tranquilizadoras; me siento en casa en Babel. Dormido en el seno del vacío, agradecido por estar vivo, en casa. Despierto otra vez a oscuras. La revolución de la tierra me da de pleno en la cara. Moscú, tenue en un océano de negrura, velo delicadamente desgarrado, temeroso de la electricidad, no como Nueva York, estridente chapoteo luminoso. Premonición: nadie me recibirá. Desaparece un escritor detrás del Telón de Acero. Bech, recordado sobre todo por sus primeras obras. Una delegación con rosas me esperaba al otro lado del recinto de cristal, espera de horas, al borde de Rusia, descompresión, el tiempo es diferente aquí, estepas de tiempo, larga y mal iluminada terminal, vacía de publicidad. Conducido en limusina por una nuca sin voz, el conductor del trineo en Tolstói, largo trayecto hasta Moscú, una abundancia de oscuridad, abedules grises, delgados, jóvenes, muy distintos a los nudosos bosques americanos. En el hotel, deletreado этаж, esperando al ascensor, el francés oculto bajo el cirílico. Por todos lados, secretos.

II

23 de oct. Conozco a Sobaka, presidente de la U. de escritores. Edificio del viejo párroco de Tolstói, salón comedor de roble señorial. Los *litterateurs* viven como aristócratas. Sobaka tiene una boca sin labios, ladra como un salvaje, debe de haber estrangulado a hombres con las manos desnudas. Me cuenta una larga historia de amor con su poesía de los mineros del carbón en los Urales. Traduce Skip: «... entonces, aquí, en... la parte más profunda de la mina..., con sólo la luz de, esto, de luces de carbón en los cascos de los mineros..., durante tres horas recité..., desde las obras de mi juventud, versos de los campos y los bosques de Bielorrusia. Nunca había visto tal entusiasmo. Nunca he sentido tal inspiración, tal, esto, capacidad de memoria. Al final... lloraban al verme partir..., esos sencillos mineros..., sus rostros ennegrecidos de carbón veteados con, esto, con venas de plata de las lágrimas».

«Fantástico», le digo.

«*Fantastichni*», traduce Skip.

Sobaka hace que Skip me pregunte si me gusta la imagen, la de los rostros de carbón con venas de plata.

«Es buena», digo yo.

«*Korosho*», dice Skip.

«La tierra llora metal precioso», digo. «Los trabajadores del mundo lloran ante la tiranía del capital.»

Skip suelta una risotada pero traduce y Sobaka alarga la mano bajo la mesa y me aprieta el muslo en un conspirativo pellizco asesino.

12 de nov. De vuelta en Moscú, comida en la U. de E. Sobaka en buena forma, debe de haberle amputado el índice a alguien esta mañana. Dice que el viaje a Irkutsk puede ser peligroso, el aeropuerto puede estar cubierto de nieve. Je je je. En vez de eso, sugiere Kazajistán; yo digo que por qué no... *nichyvo*. Cara a cara. Él brinda por Jack London. Yo, por Pushkin. Él, por Hemingway; yo, por Turgéniev. Yo, por Nabokov; él responde con John Reed. Su boca envuelve el vaso y cruje. Pienso en lo que diría mi dentista, mis hermosas fundas de oro...

19 de nov. Le pregunto a Kate dónde está Sobaka, ella finge que no me ha oído. Skip me cuenta más tarde que era amigo de Jrusch., aguantó durante un tiempo, ahora es no persona. Le echo de menos. Mi extraña debilidad por policías y asesinos: ¿por su sentido de la artesanía?

III

1 de nov. De camino al Cáucaso con Skip, la señorita R., Kate. Niebla, no hay aviones durante veinticuatro horas. El aeropuerto atestado de hordas durmientes. Soldados, campesinos, una paciencia épica. Durmiendo apilados, arropados por los demás, ni un murmullo de queja. Muchas clases de uniforme militar, abrigos largos. Kate, tras doce horas, nos abre camino hacia el avión por las bravas, señalándome como Invitado del Estado, su interpretación asusta. Los motores chillan, los funcionarios chillan, ella chilla. Subimos al avión a las dos de la madrugada, entre fardos, pollos y gitanos; me siento frente a una pareja de adivinas que gruñen y (muy discretamente) vomitan durante todo el trayecto hasta Tiflis. Los oídos duelen durante el descenso; no hay presurización. Pájaros en el aeropuerto, dentro y fuera, recuerdan a San Juan. Feliz, insomne. Sol sobre las colinas, flores como adelfas. Hoteles como en los Cayos de Florida, en las películas de Bogart, malencarado servicio por la mañana temprano, una vigorizante sensación de lo siniestro. Inmensa estatua de Lenin agitando el puño en una rotonda. Las moscas zumban en la habitación.

2 de nov. Dormí hasta mediodía. Reynolds me despierta con una llamada telefónica. Él y su señora tomaron un avión posterior. Indios y vaqueros, hasta mis acompañantes tienen acompañantes. Vamos en dos coches hasta el Panteón en una colina, un acompañante georgiano con la cara chupada que es profesor de estética. El cementerio está lleno de inscripciones en un alfabeto curioso, una gran piedra, me dice casi con lágrimas en los ojos, reza simplemente «Madre». Reynolds me indica, *sotto voce,* que se trata de la madre de Stalin. Hubo una estatua de S. tan grande que mató a dos obreros cuando la derribaron. Cena con muchos poetas georgianos, brindis con vino blanco, yo llamándolos una y otra vez «rusos», que Kate corrige al traducir como «georgianos». Un autor épico encaprichado de la señora de R., rubia rojiza de Wisconsin, le pone las manos en los muslos, le besa el cuello; Skip sonríe avergonzado, para eso está aquí, para mejorar las relaciones. Teleférico para bajar de la montaña, Tiflis como lentejuelas abajo, todos borrachos, con la canción ahogada en el fondo de la garganta, muchas vibraciones, tristeza de pueblo, de vuelta a la cama. Zumban las mismas moscas.

3 de nov. Excursión en coche a Muxtyeta, a la iglesia más antigua de la cristiandad, el profesor de estética ridiculiza a Dios, la castidad, todo el mundo pone mala cara. El cielo de un azul claro abrasador, la iglesia una ruina rojiza octogonal con algo antiguo y pagano en el centro. Fui a comer con un pintor de pechos de pelo nivoso. Uno de esos pintores de una sórdida suavidad étnica, de la carne como paisajes pastel, de paisajes como carne pastel. ¿Dónde están los verdaderos artistas, los dibujantes que llenan *Krokodil* de banqueros con colmillos y Adenauers cadavéricos, los Chardins anónimos de la minuciosidad industrial? Me los ocultan, como los emplazamientos de misiles y los puertos. Del pastel ruso sólo me dan el glaseado de la superficie. Por tren a Armenia. Los cuatro en un compartimento con cuatro literas. Las mujeres se desvisten debajo de mí, veo la mano de Kate quitarse algo de lona con botones beis, veo un círculo de encaje pasar rápidamente sobre la pálida rodilla de Ellen Reynolds. Encerrado con carne femenina y el ronquido altanero de Skip, temo no poder conciliar el sueño, pero me quedo dormido en la litera de arriba, como un niño entre enfermeras. Estación de Ereván al alba. Las mujeres, con los ojos hinchados y desarregladas, afirman haber pasado una noche de insomnio total. La dificultad de las mujeres para dormir en trenes, barcos, donde los hombres se relajan. ¿Desconfianza de la maquinaria? Estimulación sexual, Claire decía que solía correrse sólo con sentarse en un asiento del metro vibrante, nunca en los del IRT, sólo en los del IND. Tardaba al menos cinco estaciones.

4 de nov. Svartz-Notz. Catedral armenia. Huesos antiguos en bandas de oro. Nuestro acompañante tiene un brazo atrofiado, recuerdo de la guerra; una sonrisa encantadora, escribe una larga novela sobre el levantamiento de 1905. La ciudad nueva de piedra rosa y malva; la vieja, escombros asiáticos amontonados. Las ruinas del palacio de Alejandro, de paso en su camino a la India. Bonito abismo.

5 de nov. Lago Sevan, una playa mortecina, gris y sulfúrica, que ha perdido casi dos metros de altura para irrigar las tierras. Tierras secas y rosadas. De vuelta al hotel, un hombre me para en el vestíbulo, me ha reconocido, es de Fresno y ha venido a visitar a unos parientes, dijo que no había podido acabarse *The Chosen,* me pidió un autógrafo. Cena con escritores de ciencia ficción armenios, Kate en su elemento, quieren saber si conozco a Ray Bradbury, Marshall McLuhan, Vance Packard, Mitchell Wilson. No los conozco. Oh. Les digo que conozco a Norman Podhoretz y me preguntan si escribió *Los desnudos y los muertos.*

6 de nov. Largo trayecto en coche a un monasterio «en funcionamiento». En él viven dos monjes. La capilla tallada en roca sólida, los arbustos rebosantes de pequeños jirones de telas, con los que la gente pide un deseo. Kate me pide el pañuelo, desgarra una tira, la ata a un arbusto, pide un deseo. Se ruboriza cuando le manifiesto mi sorpresa. El suelo cubierto de huesos sacrificiales. En el patio, un grupo de campesinos celebra una comida al aire libre en honor del nacimiento de un hijo. Insisten en que nos unamos a ellos, los Reynolds se ruborizan de rosa, resulta difícil para unos diplomáticos americanos meterse en un banquete como éste, con gente de verdad. El sacerdote es un tipo taimado y desaliñado con colmillos de oro entre la barba. Todos los armenios llevan zapatillas deportivas y parecen personajes de Saroyan. Moscas en el vino, trocitos calientes de cordero, bendiciones, brindis dirigidos toscamente hacia nuestra rubia pelirroja, de rodillas redondas y risa floja, Ellen R. Al irnos, atisbamos a un monje de verdad, caminando a lo largo de un pretil en ruinas. Inesperadamente joven. Pálido, inexpresivo, muy remoto. ¿Un espía? Las tierras secas dan los mejores santos. Los dos Reynolds enfermos por los efectos del festín popular, confinados en el hotel mientras Kate y yo, curtidos pecadores, estómagos de hierro, vamos a cenar con el artista de pelo blanco, pintor de rostros atractivos, ojos de endrino, fruto humanoide, etcétera.

7 de nov. Me despertó el sonido de la banda; hoy era el día de la Revolución. Debería estar en la Plaza Roja, pero Kate me persuadió de que no fuera. Un pequeño desfile similar se celebraba aquí, en la plaza delante del hotel. Lo dejamos pasar mientras desayunamos blini y caviar; desfile de soldados, banderas rojas, equipo militar que se alza fálicamente hasta que llegan los cohetes, luego atletas en distintos colores como gominolas, al final una multitud de chiquillos, gente, ciudadanos, los vestidos rojos llamaban la atención. Kate no paraba de chasquear la lengua y repetir que odiaba la guerra. Los Reynolds todavía débiles, apenas comen nada. Ellen admira mi dureza digestiva; me muestro indiferente a su halago. ¿Me estoy enamorando de Kate? Me siento inseguro cuando no está a mi lado, la escucho aclararse la garganta y moverse por la habitación del hotel contigua a la mía. Caminamos al sol, doy empujones para colocarme entre ella y brazo atrofiado, celoso cuando ellos hablan en ruski; recuerdo su rubor cuando ató la mitad de mi pañuelo desgarrado a aquel arbusto sobrenatural. ¿Qué deseo pidió? Es hora de dejar la romántica Armenia. De vuelta en Moscú a las diez, los oídos duelen pavorosamente durante el descenso. Un frío glacial, polvo de nieve. Napoleón se estremece.

IV

Esta carta, nunca enviada, se encontró dentro del diario. «Claire»
parece ser la antecesora, en los afectos de Bech, de la señorita Norma
Latchett. Reproducida con permiso, todos los derechos © Henry Bech.

«Querida Claire:
»Estoy de vuelta en Moscú, tras tres días en Leningrado, un decorado de ópera italiana ensuciado por los años pasados en un almacén ártico y poblado por un millón de barítonos villanos sin trabajo. Hoy, el embajador americano me ha invitado a una cena a la que no han asistido rusos debido a algo que piensan que hemos hecho en el Congo, y me he

pasado toda la velada hablando de zapatos con la esposa del embajador, que procede originalmente, así lo dice ella, de Charleston. Incluso se quitó el zapato para que pudiera cogerlo: una rara sensación, era pequeño, cálido. ¿Cómo estás? ¿Sientes mi obsoleta pasión? ¿Te llega el regusto del brandy? Vivo suntuosamente, en el hotel donde se alojan los plenipotenciarios del Emperador de China y los árabes con túnicas blancas dejan rastros de petróleo por el vestíbulo. Puede que haya una planta entera de tránsfugas homosexuales ingleses, modernizada según el modelo de los alojamientos de Cambridge. Dios, aquí uno se siente solo, y los recuerdos de ti —la depresión sedosa al lado de cada tobillo, la región lumbar romboidal y vellosa— me fastidian por las noches mientras yazgo en exiliada majestad, y mi trabajosa respiración es grabada por tres veintenas de novatos de la OGPU. Eras tan hermosa. ¿Qué sucedió? ¿Fue todo culpa mía, de mi temerosa melancolía profesional, de mi impotencia sifilítica flaubertiana? ¿O fue tu llamativo sujetador de dependienta, que contenía, como una novela pornográfica guardada en una cómoda (tu pezón izquierdo era el pomo del cajón), a una estudiante cuáquera matriculada en Darien con buenas notas? Nos exprimíamos el uno al otro, o eso me parecía, e hicimos que todos aquellos restaurantes de carne de las calles cincuenta Este se iluminaran como serrallos bajo un bombardeo. Nunca volveré a ser tan joven. Por aquí me llevan de un lado a otro como una curiosidad quebradiza; me enchufan en la toma de corriente más cercana y declamo en rojo, blanco y azul. Les caigo bien a los soviéticos porque les recuerdo a los opresivos años treinta. A mí me caen bien ellos por la misma razón. Tú, por tu parte, eras los sesenta de pies a cabeza, un baño de lentejuelas y resplandecientes zarcillos púbicos. Perdona mi desmedida distancia, nuestra absurdamente orgullosa separación, la forma en que nuestros milagrosamente sincronizados clímax acabaron en nada, como novas. Oh, te envío este amor perdido por correo aéreo, Claire, desde este lugar tan imaginario; la carta podría llegar a casa antes que el avión, meterse en tu nevera y acurrucarse junto al perejil iluminado como si nunca nos hubiéramos dicho cosas imperdonables.

»H».

Doblada dentro de la carta, como a modo de posdata, una postal. En el anverso, en colores pobres, una fotografía de una estatua de hierro, una figura masculina. En el reverso, este mensaje:

> Querida Claire: Lo que quería
> decir en la carta que no envié era que
> fuiste muy buena conmigo, buena para
> mí, que hubo una bondad en mí que tú
> hiciste nacer. La virtud es tan rara;
> mi eterno agradecimiento. El hombre de
> la otra cara es Miakovsky, que se
> pegó un tiro y así se ganó el amor imperecedero
> de Stalin. Henry

Animada con sellos del Sputnik, la postal pasó por el correo sin censura y le estaba esperando cuando por fin volvió de sus viajes y le dio la vuelta a la llave de su agobiante apartamento, mal ventilado e intacto. Estaba en el suelo, enérgicamente matasellada. Claire la había metido por debajo de la puerta. La ausencia de cualquier nota de acompañamiento era elocuente. No volvieron a ponerse en contacto, aunque, durante un tiempo, Bech abriría la guía telefónica por la página donde el número de Claire estaba marcado con un círculo y la sostenía en el regazo. —El ed.

Apéndice B

Bibliografía*

1. Libros de Henry Bech (n. 1923, m. 19...)

Travel Light, novela, The Vellum Press, Nueva York, 1955; J.J. Gold-schmidt, Londres, 1957. [«Ligero de equipaje.»]

Brother Pig, novela corta, The Vellum Press, Nueva York, 1957; J.J. Goldschmidt, Londres, 1958. [«Hermano cerdo.»]

When the Saints, miscelánea (Contenido: «Uncles and Dybuks», «Subway Gum», «A Vote For Social Unconsciousness», «Soft-Boiled Sergeants», «The Vanishing Wisecrack», «Graffiti», «Sunsets Over Jersey», «The *Arabian Nights* At Your Own Pace», «Orthodoxy and Orthodontics», «Rag Bag» [antología de críticas de libros], «Displeased in the Dark» [antología de críticas de cine], cuarenta y tres párrafos sin título bajo el encabezamiento «Tumblers Clicking»), The Vellum Press, Nueva York, 1958. [«Cuando los santos...»; por orden de mención: «Tíos y Dybbuks», «Goma de metropolitano», «Un voto por la inconsciencia social», «Sargentos blandos», «El ingenio que desaparece», «Grafiti», «Crepúsculos sobre Jersey», *«Las mil y una noches* a tu propio ritmo», «Ortodoxia y ortodoncia», «Bolsa de harapos», «Decepcionado en la oscuridad», «Tintineos en vasos largos».]

The Chosen, novela, The Vellum Press, Nueva York, 1963; J.J. Gold-schmidt, Londres, 1963. [«Los elegidos.»]

---

* Al final de cada entrada se ha añadido la traducción aproximada de los títulos de esta peculiar bibliografía. *(N. del T.)*

The Best of Bech, antología, J.J. Goldschmidt, Londres, 1968. (Contiene *Brother Pig* y una selección de artículos de *When the Saints*.) [«Lo mejor de Bech.»]
Think big, novela. (En proceso de escritura.) [«Piensa a lo grande.»]

2. Artículos y relatos no publicados en libros

«Stee-raight'n Yo' Shoulduhs, Boy!», *Liberty*, XXXIV.33 (21 de agosto de 1943), págs. 62-63. [«¡Sobre tus hombros, chaval!»]
«Home for Hannukah», *Saturday Evening Post*, CCXVII.2 (8 de enero de 1944), págs. 45-46, 129-133. [«En casa por Janucá.»]
«Kosher Konsiderations», *Yank*, IV.4 (26 de enero de 1944), pág. 6. [«Konsideraciones Kosher.»]
«Rough Crossing», *Collier's*, XLIV (22 de febrero de 1944), págs. 23-25. [«Travesía accidentada.»]
«London Under Buzzbombs», *New Leader*, XXVII.11 (11 de marzo de 1944), pág. 9. [«Londres bajo las bombas volantes.»]
«The Cockney Girl», *Story*, XIV.3 (mayo-junio, 1944), págs. 68-75. [«La chica cockney.»]
«V-Mail from Brooklyn», *Saturday Evening Post*, CCXVII.25 (31 de junio de 1944), págs. 28-29, 133-137. [«"Correo de la Victoria" desde Brooklyn.»]
«Letter from Normandy», *New Leader*, XXVII.29 (15 de julio de 1944), pág. 6. [«Carta desde Normandía.»]
«Hey, Yank!», *Liberty*, XXXV.40 (17 de septiembre de 1944), págs. 48-49. [«¡Eh, yanqui!»]
«Letter from the Bulge», *New Leader*, XXVIII.1 (3 de enero de 1945), pág. 6. [«Carta desde Las Ardenas.»]
«Letter from the Reichstag», *New Leader*, XXVIII.23 (9 de junio de 1945), pág. 4. [«Carta desde el Reichstag.»]
«Fräulein, kommen Sie her, bitte», *The Partisan Review*, XII (octubre de 1945), págs. 413-431.
«Rubble» (poema), *Tomorrow*, IV.7 (diciembre de 1945), pág. 45. [«Escombros.»]
«Soap» (poema), *The Nation*, CLXII (22 de junio de 1946), pág. 751. [«Jabón.»]
«Ivan in Berlin», *Commentary*, I.5 (agosto de 1946), págs. 68-77. [«Iván en Berlín.»]

«Jig-a-de-Jig», *Liberty,* XXVII.47 (15 de octubre de 1946), págs. 38-39. [«De vuelta en casita.»]

«Novels from the Wreckage», *New York Times Book Review,* LII (19 de enero de 1947), pág. 6. [«Novelas desde el naufragio.»]

☞ La mayoría de las críticas, artículos, ensayos y poemas en prosa de Bech de 1947 a 1958 se reimprimieron en *When the Saints* (véase más arriba). Aquí sólo constan las excepciones.

«My Favorite Reading in 1953», *New York Times Book Review,* LXVII (25 de diciembre de 1953), pág. 2. [«Mis lecturas favoritas de 1953.»]

«Smokestacks» (poema), *Poetry,* LXXXIV.5 (agosto de 1954), págs. 249-250. [«Chimeneas.»]

«Larmes d'huile» (poema), *Accent* XV.4 (otoño de 1955), pág. 101.

«Why I Will Vote for Adlai Stevenson Again» (parte de un anuncio político de pago impreso en varios periódicos), octubre de 1956. [«Por qué votaré otra vez a Adlai Stevenson.»]

«My Favorite Salad», *McCall's,* XXXIV.4 (abril de 1957), pág. 88. [«Mi ensalada favorita.»]

«Nihilistic? Me?» (entrevista con Lewis Nichols), *New York Times Book Review,* LXI (12 de octubre de 1957), págs. 17-18, 43. [«¿Nihilista?, ¿yo?»]

«Rain King for a Day», *New Republic,* CXL.3 (19 de enero de 1959), págs. 22-23. [«Rey de la lluvia por un día.»]

«The Eisenhower Years: Instant Nostalgia», *Esquire,* LIV.8 (agosto de 1960), págs. 51-54. [«Los años de Eisenhower: nostalgia instantánea.»]

«Lay Off, Norman», *The New Republic,* CXLI.22 (14 de mayo de 1960), págs. 19-20. [«Déjalo, Norman.»]

«Bogie: The Tic That Told All», *Esquire,* LV.10 (octubre de 1960), págs. 44-45. 108-111. [«Bogie: el tictac lo decía todo.»]

«The Landscape of Orgasm», *House and Garden,* XXI.3 (diciembre de 1960), págs. 136-141. [«El paisaje del orgasmo.»]

«Superscrew», *Big Table,* II.3 (verano de 1961), págs. 64-79. [«Superscrew.»]

«The Moth on the Pin», *Commentary,* XXXI (marzo de 1961), págs. 223-224. [«La polilla en el alfiler.»]

«Iris and Muriel and Atropos», *New Republic,* CXLIV.20 (15 de mayo de 1961), págs. 16-17. [«Iris, Muriel y Átropos.»]

«M-G-M and the USA», *Commentary,* XXXII (octubre de 1961), págs. 305-316. [«La MGM y Estados Unidos.»]

«My Favorite Christmas Carol», *Playboy*, VIII.12 (diciembre de 1961), pág. 289. [«Mi villancico favorito.»]

«The Importance of Beginning with a B: Barth, Borges, and Others», *Commentary*, XXXIII (febrero de 1962), págs. 136-142. [«La importancia de empezar por B: Barth, Borges y otros.»]

«Down in Dallas» (poema), *New Republic*, CXLVI.49 (2 de diciembre de 1963), pág. 28. [«En Dallas».]

«My Favorite Three Books of 1963», *New York Times Book Review*, LXVII (19 de diciembre de 1963), pág. 2. [«Mis tres libros favoritos de 1963.»]

«Daniel Fuchs: An Appreciation», *Commentary*, XLI.2 (febrero de 1964), págs. 39-45. [«Daniel Fuchs: una valoración.»]

«Silence», *The Hudson Review*, XVII (verano de 1964), págs. 258-275. [«Silencio.»]

«Rough Notes from Tsardom», *Commentary*, XLI.2 (febrero de 1965), págs. 39-47. [«Apuntes desde el reino de los zares.»]

«Frightened Under Kindly Skies» (poema), *Prairie Schooner*, XXXIX.2 (verano de 1965), pág. 134. [«Asustado bajo cielos afables.»]

«The Eternal Feminine As It Hits *Me*» (contribución a un simposio), *Rogue* III.2 (febrero de 1966), pág. 69. [«El eterno femenino tal como yo lo veo.»]

«What Ever Happened to Jason Honeygale?», *Esquire*, LXI.9 (septiembre de 1966), págs. 70-73, 194-198. [«Pero ¿qué ha sido de Jason Honeygale?»]

«Romaticism Under Truman: A Reminiscence», *New American Review*, III (abril de 1968), págs. 59-81. [«El romanticismo bajo Truman: una rememoración.»]

«My Three Least Favorite Books of 1968», *Book World*, VI (20 de diciembre de 1968), pág. 13. [«Los tres libros que menos me gustaron de 1968.»]

3. Artículos críticos sobre el autor (selección)

Prescott, Orville, «More Dirt», *New York Times*, 12 de octubre de 1955. [«Más porquería.»]

Weeks, Edward, «*Travel Light* Heavy Reading», *Atlantic Monthly*, CCI.10 (octubre de 1955), págs. 131-132. *[«Ligero de equipaje,* pesada lectura.»]

Kirkus Service, Virginia, «Search for Meaning in Speed», XXIV (11 de octubre de 1955). [«Búsqueda del sentido en la velocidad.»]

Time, «V-v-vrooom!», LXXII.17 (12 de octubre de 1955), pág. 98. [«V-v-vrooom!»]

Macmanaway, Fr. y X. Patrick, «Spiritual Emptiness Found Behind Handlebars», *Commonweal,* LXXII.19 (12 de octubre de 1955), págs. 387-388. [«Vacío espiritual detrás de los manillares.»]

Engels, Jonas, «Consumer Society Burlesqued», *Progressive,* XXI.35 (20 de octubre de 1955), pág. 22. [«La sociedad de consumo parodiada.»]

Kazin, Alfred, «Triumphant Internal Combustion», *Commentary,* XXIX (diciembre de 1955), págs. 90-96. [«Triunfante combustión interna.»]

Time, «Puzzling Porky», LXXIV.3 (19 de enero de 1957), pág. 75. [«Enigmático cerdito.»]

Hicks, Granville, «Bech Impressive Again», *Saturday Review,* XLIII.5 (30 de enero de 1957), págs. 27-28. [«Bech de nuevo impresionante.»]

Callagan, Joseph, S.J., «Theology of Despair Dictates Dark Allegory», *Critic,* XVII.7 (8 de febrero de 1957), págs. 61-62. [«La teología de la desesperación dicta una lúgubre alegoría.»]

West, Anthony, «Oinck, Oinck», *New Yorker,* XXXIII.4 (14 de marzo de 1957), págs. 171-173. [«Uic, uic.»]

Steiner, George, «Candide as Schlemiel», *Commentary,* XXV (marzo de 1957), págs. 265-270. [«Cándido como Schlemiel.»]

Maddocks, Melvin, «An Unmitigated Masterpiece», *New York Herald Tribune Book Review,* 6 de febrero de 1957. [«Una verdadera obra maestra.»]

Hyman, Stanley Edgar, «Bech Zeroes In», *New Leader,* XLII.9 (1 de marzo de 1957), pág. 38. [«Bech afina la puntería.»]

Poore, Charles, «Harmless Hodgepodge», *New York Times,* 19 de agosto de 1958. [«Inofensivo batiburrillo.»]

Marty, Martin, «Revelations Within the Secular», *Christian Century,* LXXVII (20 de agosto de 1958), pág. 920. [«Revelaciones en lo profano.»]

Aldridge, John, «Harvest of Thoughtful Years», *Kansas City Star,* 17 de agosto de 1958. [«Cosecha de años reflexivos.»]

Time, «Who did the Choosing?», LXXXIII.26 (24 de mayo de 1963), pág. 121. [«¿Quién hizo la selección?»]

Klein, Marcus, «Bech's Mighty Botch», *Reporter,* XXX.13 (23 de mayo de 1963), pág. 54. [«La tremenda chapuza de Bech.»]

Thompson, John, «So Bad It's Good», *New York Review of Books,* II.14 (15 de mayo de 1963), pág. 6. [«Tan malo que es bueno.»]

Dilts, Susan, «Sluggish Poesy, Murky Psychology», *Sunday Sun* de Baltimore, 20 de mayo de 1963. [«Torpe poesía, turbia psicología.»]

Miller, Jonathan, «Oopsie!», *Show,* III.6 (junio de 1963), pág. 49-52. [«¡Uy!»]

Macdonald, Dwight, «More in Sorrow», *Partisan Review,* XXVIII (verano de 1963), págs. 271-279. [«Con más pesar.»]

Kazin, Alfred, «Bech's Strange Case Reopened», *Evergreen Review,* VII.7 (julio de 1963), págs. 19-24. [«Reabierto el extraño caso de Bech.»]

Podhoretz, Norman, «Bech's Noble Novel: A Case Study in the Pathology of Criticism», *Commentary,* XXXIV (octubre de 1963), págs. 277-286. [«La noble novela de Bech: un caso paradigmático en la patología de la crítica.»]

Gilman, Richard, «Bech, Gass and Nabokov: The Territory Beyond Proust», *Tamarack Review,* XXXIII.1 (invierno de 1963), págs. 87-99. [«Bech, Gass y Nabokov: el territorio más allá de Proust.»]

Minnie, Moody, «Myth and Ritual in Bech's Evocations of Lust and Nostalgia», *Wisconsin Studies in Contemporary Literature,* V.2 (invierno-primavera de 1964), págs. 1267-1279. [«Mito y ritual de las evocaciones en Bech de la lujuria y la nostalgia.»]

Terral, Rufus, «Bech's Indictment of God», *Spiritual Rebels in Post-Holocaustal Western Literature,* ed. Webster Schott, University of Nevada Press, Las Vegas, 1964. [«"La crítica a Dios de Bech", Rebeldes espirituales en la literatura occidental post-holocausto.»]

L'Heureux, Sister Marguerite, «The Sexual Innocence of Henry Bech», *America,* CX (11 de mayo de 1965), págs. 670-674. [«La inocencia sexual de Henry Bech.»]

Brodin, Pierre, «Henri Bech, le juif réservé», *Écrivains Americains d'aujourd'hui,* N.E.D., París, 1965.

Elbek, Leif, «Damer og daemoni», *Vindrosen,* Copenhague (enero-febrero de 1965), págs. 67-72.

Wagenbach, Dolf, «Bechkritic und Bechwissenschaft», *Neue Rundschau,* Frankfurt am Main (septiembre-enero, 1965-1966), págs. 477-481.

Fiedler, Leslie, «*Travel Light:* Synopsis and Analysis», *E-Z Outlines*, núm. 403, Akron, O.: Hand-E Student Aids, 1966. [«*Travel Light:* sinopsis y análisis.»]

Tuttle, L. Clark, «Bech's Best Not Good Enough», *The Observer*, Londres, 22 de abril de 1968. [«Lo mejor de Bech no es lo bastante bueno.»]

Steinem, Gloria, «What Ever Happened to Henry Bech?», *New York*, II.46 (14 de noviembre de 1969), pág. 17-21. [«Pero ¿qué ha sido de Henry Bech?»]

Updike, John
Un libro de Bech